SIDDHARTHA

HERMANN HESSE

Siddhartha

TRADUIT DE L'ALLEMAND PAR JOSEPH DELAGE

Préface de Jacques Brenner

GRASSET

Tous droits réservés Suhrkamp Verlag.
Frankfurt/Main et Editions Grasset-Fasquelle, Paris.

ISBN : 978-2-253-00848-4 - 1re publication - LGF

PRÉFACE

L'œuvre de Hermann Hesse peut aisément se diviser en deux parts. Tout d'abord, il donna des romans où il transposait librement les événements de sa vie personnelle, mais en leur conservant une apparence réaliste. C'est le cas du roman d'apprentissage qui lui valut la notoriété dans son pays, dès 1904 : Peter Camenzind. *C'est le cas également du roman de la vie scolaire :* L'Ornière *(1905), du roman de la recherche amoureuse :* Gertrude *(1910), du roman du mariage :* Rosshalde *(1914).*

Puis Hermann Hesse abandonna le roman de forme traditionnelle et s'exprima dans des fictions à caractère plus ou moins allégorique. « J'avais toujours été porté à une conception magique de l'existence, dit-il plus tard. Je n'avais jamais été un "homme moderne". Je trouvais toujours que Le Vase d'or, *de Hoffmann, ou que* Henri d'Ofterdingen, *de Novalis, avaient plus de valeur que tous les manuels historiques ou scientifiques. (De là ce charme que je leur voyais.) » Le premier pas pour renouer franchement avec les romantiques allemands fut fait avec* Knulp *(1915), le second avec* Demian, *qui obtint, en 1919, un chaleureux accueil, à la fois des jeunes lecteurs et des connaisseurs de tous âges. Ainsi Thomas Mann écrivait : « A mon avis, c'est quelque chose d'extraordinaire. » (6 juin 1919, lettre à Joseph Ponten.)*

Demian *était encore donné comme une histoire vécue. Le nom même du héros et celui de sa mère, Eva,* indiquaient cependant de prime abord à quels mythes l'auteur entendait redonner vie, en leur insufflant un sens nouveau. Demian est un Lucifer amical, réhabilité en quelque sorte. Eva est la mère originelle. Rappelons que Hermann Hesse décida de publier ce roman sous un pseudonyme, celui d'Emile Sinclair, afin que l'on pût croire que c'était l'œuvre d'un débutant qui parlait pour toute une génération. Hermann Hesse avait passé la quarantaine et il était un écrivain étiqueté. Il ne reconnut la paternité de Demian qu'après la sixième édition.

On ne lui tint pas rigueur de sa supercherie et il devint, pour une dizaine d'années, un des grands hommes de la jeunesse allemande. C'est alors qu'il publia Siddhartha (1922) et Le Loup des steppes (1927).

Siddhartha fit l'objet de la présente traduction, publiée par Bernard Grasset en 1925, la première œuvre de Hesse présentée au public français. Une traduction de Demian devait suivre, en 1930, chez Stock. Une traduction du Loup des steppes, en 1931, à la Renaissance du Livre.

Le jeune Sinclair se trouvait désorienté entre le monde du Bien et le monde du Mal. C'est en lui-même que Henry Haller, le loup des steppes, constate une double attirance, vers l'ordre et vers le chaos. Le livre se présente comme une fantaisie tragique qui, selon Thomas Mann, « ne le cède en rien, pour la hardiesse de l'expérimentation, à l'Ulysse de Joyce, et aux Faux-Monnayeurs ».

Il ne semble pas que nos critiques aient salué ce roman comme il le méritait. Il fallut ensuite attendre le prix Nobel de 1946 pour que d'autres œuvres de Hermann Hesse fussent éditées en France.

Trois ouvrages romanesques succédèrent au Loup des steppes : Narcisse et Goldmund (1930), qui se situe dans un Moyen Age imaginaire et qui illustre la différence de nature entre l'intellectuel et l'artiste (mais l'auteur se sentait l'un et l'autre) ; Le Voyage en Orient (1933), un conte poético-humoristique qui devait enchanter Gide ; enfin, l'œuvre monumentale :

Le Jeu des perles de verre *(1943), qui, sous les apparences d'un roman utopique d'anticipation, est encore un roman éducatif.*

Car Hermann Hesse, rebelle à toute forme d'autorité, n'a jamais cessé d'être préoccupé par les problèmes d'éducation. De ce point de vue, son œuvre manifeste une éclatante unité. Il s'agit toujours de héros à la recherche d'eux-mêmes, s'interrogeant sur la meilleure manière de mener sa vie et d'atteindre l'accord avec la création tout entière. Hermann Hesse peut apparaître comme un éternel adolescent en quête d'une vérité toujours remise en question.

Nous ne connaissons en France que ses romans. Mais Hermann Hesse est également poète et essayiste. C'est poète qu'il s'est voulu d'abord et qu'il est resté jusqu'à la fin, exprimant tour à tour ses enthousiasmes et ses découragements. « Que je sente la vie tressaillir en moi, que mon âme soit mobile et puisse s'insinuer, par cent jeux d'imagination, dans cent formes différentes, dans les enfants, les animaux, surtout dans les oiseaux : voilà mon désir, voilà l'exigence de ma vie. »(Promenade, 1920.)

Quel homme était Hermann Hesse ? Il a donné en 1925 une Brève Biographie *(traduite en 1947 par André Hochull et publiée par la revue* Fontaine*), qui commence ainsi : « Je suis né vers la fin de l'ère moderne, peu avant le retour du Moyen Age, sous le signe du Sagittaire et sous les rayons propices de Jupiter. » L'événement se produisit le 2 juillet 1877, à Calw, dans le Wurtemberg.*

Hermann Hesse naquit au sein d'une vieille famille protestante. Son grand-père maternel, le docteur Hermann Gundert, un Germano-Russe, avait été un des pionniers de la mission évangélique aux Indes. Il s'était marié là-bas avec une demoiselle Dubois, originaire de Suisse romande, et c'est aux Indes que la mère de notre auteur était née. Le docteur Gundert, à son retour d'Orient, travailla une trentaine d'années pour la Mission de Bâle à un dictionnaire de dialecte hindou. Le grand-père paternel Hesse, un Souabe, était lui-même pasteur et le père de Hesse fut pasteur également. Le petit Hermann suivrait sans doute la même voie.

Il confie dans Brève Biographie : « J'étais fils de parents pieux que j'aimais tendrement et que j'aurais aimés encore davantage si l'on ne m'avait pas fait faire si tôt la connaissance du quatrième commandement. Malheureusement, les commandements ont toujours eu, malgré leur justesse, une influence fatale sur moi. Je suis, de nature, un agneau, aussi facile à mener qu'une bulle de savon, mais je me suis rebiffé contre tous les commandements, du moins pendant ma jeunesse. J'entendais à peine ce tu dois que tout se figeait en moi. Comme on peut bien penser, cette particularité a été d'une influence plutôt néfaste sur mon caractère tout au long de mes années scolaires. Nos maîtres nous enseignaient pourtant, dans cette discipline si amusante nommée histoire, que le monde a toujours été gouverné et transformé par des hommes qui s'étaient donné une loi personnelle après avoir rompu avec la tradition. Et l'on nous disait que ces hommes étaient dignes d'admiration. Mais ce n'était rien que mensonges, comme du reste tout l'enseignement, car, si l'un de nous montrait (de bonne ou de mauvaise foi) du courage en violant un commandement ou en protestant seulement contre une sotte coutume, non seulement il n'était pas vénéré ni érigé en modèle, mais puni, bafoué, écrasé par la honteuse suprématie des maîtres. »

On devine qu'avec ses dispositions d'esprit, le jeune Hermann éveillait la méfiance des maîtres. Un incident scolaire devait avoir son importance dans son développement intellectuel. Il fut accusé d'un méfait, du reste insignifiant, qui avait été commis en classe : « Comme j'étais absolument innocent et qu'ils n'arrivaient pas à me le faire avouer, ils firent un monstre de cette vétille et me battirent tant que non seulement je ne lâchai pas l'aveu désiré mais encore je perdis toute foi dans l'honnêteté de la caste des instituteurs. J'ai fait plus tard, Dieu soit loué, la connaissance de maîtrès dignes de respect, mais le mal était fait et mes rapports faussés non seulement avec mes maîtres, mais avec toute autorité. »

La vraie révolte adolescente de Hesse eut une cause plus profonde : « Depuis l'âge de treize ans, j'étais convaincu que je devais être poète ou rien du tout. Mais peu à peu je compris encore une autre chose, très désagréable. L'on pouvait devenir instituteur, pasteur, médecin, marchand, employé des postes, même peintre ou architecte. Dans toutes ces professions, il existait des écoles, des méthodes d'enseignement pour débutant. Mais pour un poète, rien de tel. Il était permis, et c'était même un honneur d'être un poète : c'est-à-dire d'avoir du succès et d'être connu, mais malheureusement on était la plupart du temps déjà mort quand la célébrité arrivait. Devenir un poète était donc impossible et vouloir le devenir : une honte, comme je m'en aperçus bientôt... »

Le jeune garçon entendait de bons conseils de tous côtés et il était bien décidé à ne pas les suivre, car sa voie lui paraissait tracée. C'est à sa vocation seule qu'il entendait obéir et cela le mettait en état de rébellion contre sa famille et ses maîtres : « Lorsque j'eus treize ans, ce conflit venait d'éclater, ma conduite à la maison aussi bien qu'à l'école laissait tant à désirer que l'on m'envoya en exil à l'école supérieure d'une autre ville. Un an plus tard, je devins l'élève d'un séminaire où j'appris l'alphabet hébreu. Je commençais à comprendre ce qu'est un Dagesch forte implicitum lorsqu'une tourmente intérieure se déchaîna en moi, me forçant à m'enfuir de l'école. Repris, je fus puni de cachot, puis renvoyé du séminaire. Pendant un temps, je m'efforçai de poursuivre mes études dans un collège, mais là aussi tout s'acheva par le cachot et le renvoi. Puis je fus apprenti négociant ; mais au bout de trois jours je pris la fuite. Je disparus quelques jours et quelques nuits, ce qui chagrina fort mes parents. Six mois, je fus assistant de mon père et, un an et demi, apprenti mécanicien dans une fabrique d'horloges. Bref, pendant plus de quatre ans, tout alla complètement de travers. Aucune école ne voulait me garder et chaque apprentissage finissait par une fugue... »

A quinze ans, Hesse renonça à suivre la filière scolaire et entreprit seul son éducation, dans l'immense bibliothèque de la maison paternelle. Il estime qu'il ne perdit pas son temps et ses lecteurs s'en persuadent aisément. Mais sa famille était inquiète pour son avenir. Elle avait tort de faire grise mine. Au demeurant, le jeune Hermann ne voulait pas lui être à charge : « Pour, enfin, gagner ma vie, je me fis libraire. J'avais tout de même plus et de meilleurs rapports avec les livres qu'avec les étaux et les roues dentées. Au commencement une sensation d'ivresse m'envahit, d'être ainsi plongé dans la mer des nouveautés littéraires, d'en être même submergé. Mais peu après je m'aperçus qu'une vie intellectuelle vouée exclusivement à l'actualité n'est pas viable, qu'elle est dépourvue de sens et que seules des relations constantes avec l'histoire, avec le passé et l'antiquité, la rendent possible. Après avoir épuisé les plaisirs de la nouveauté, je sentis l'impérieux besoin de retourner au passé. Je l'ai satisfait en délaissant le métier de libraire pour celui d'antiquaire. Je ne faisais cela que pour gagner ma vie, car, à vingt-six ans, ayant obtenu quelques succès littéraires, j'abandonnai aussi ce métier-là. »

On dira que c'est merveilleux de parvenir à vivre de sa plume — et pas en tant que journaliste, en qualité de poète et de romancier — dès l'âge de vingt-six ans. Hermann Hesse savoura pleinement sa chance : « J'avais remporté ma victoire sur le monde hostile. » Célèbre, tout ce qu'il entreprenait paraissait charmant et il était enchanté de lui-même et de la vie. Il se maria, devint père de famille, posséda une maison et un jardin. Il pouvait même jouer les mécènes, aidant à fonder une revue qui se proposait de faire de l'opposition au gouvernement de Guillaume II. A vrai dire, il se moquait de la politique et de la marche du monde. Il menait une vie si confortable, qu'il courait le danger, dit-il plus tard, de perdre sa qualité de poète et de n'être plus qu'un littérateur. « Je faisais de beaux voyages en

Suisse, en Allemagne, en Autriche, en Italie, même aux Indes... »

Sur ce voyage aux Indes, entrepris en 1911, il convient ici de dire quelques mots. Ce que ne fait pas Hesse dans sa Brève Biographie, mais il publia un Retour des Indes en 1913, qui précédait de six ans le Journal de voyage d'un philosophe de Keyserling. Toutefois, c'est précisément en 1913 que Rabindranath Tagore reçut le Nobel et le public intellectuel s'intéressait déjà beaucoup à l'Inde. L'attrait des Européens pour l'Inde s'était affirmé depuis la révélation des antiques Upanishads, dont Schopenhauer a dit : « Cette lecture a été la consolation de ma vie et sera la consolation de ma mort. »

Vous devinez aisément que Hermann Hesse n'avait pas été poussé vers les Indes par la mode, mais parce que, durant toute sa jeunesse, il avait entendu parler de ce « paradis des hommes simples » par ses parents et leurs amis de la Mission de Bâle. Il fut bien déçu. Il se sentit étranger là-bas et sans droit de cité : « Voilà longtemps que nous avons perdu le paradis, conclut-il, et le paradis nouveau dont nous rêvons, ou que nous voulons édifier, ne se trouvera pas sur l'équateur ni au bord des mers chaudes d'Orient : il est en nous et dans notre avenir d'hommes du Nord. » Aussi bien, Hesse aurait pu ne jamais aller aux Indes et cependant écrire Siddhartha. Ses souvenirs de famille et ses lectures lui auraient suffi. Quand, plus tard, il écrivit son Voyage en Orient, il précisa que, pour lui, « l'Orient n'est pas seulement une contrée ou un concept géographique, il est d'abord la patrie de la jeunesse des âmes, le partout et le nulle part, dans l'unification de tous les temps ». Bonne définition d'un mythe.

Hermann Hesse se trouvait de retour en Europe quand éclata la première guerre mondiale. Et ce fut également l'éclatement de sa sécurité. Non qu'il fût mobilisable, mais il découvrit qu'il avait vécu dans le mensonge, puisque la société qui lui avait procuré son bien-être était la même qui avait permis le retour à la barbarie. Une société qui ne peut empêcher ou qui va même jusqu'à provoquer des guerres doit être radicalement condamnée.

Hesse fut un des rares intellectuels européens à comprendre aussitôt la monstruosité du conflit, l'abjection de la haine nationaliste et les impostures de la propagande. Dans Au-dessus de la mêlée, *Romain Rolland* le désigne même comme « le seul qui ait conservé dans cette guerre démoniaque une attitude goethéenne ».

Les problèmes moraux posés par la guerre s'ajoutaient à d'autres graves soucis, qui avaient surgi dans sa vie privée. Tout s'écroulait autour de lui et en lui-même. « J'entrai à nouveau en conflit avec un monde avec lequel j'étais parvenu à vivre en paix. Je voyais de nouveau un abîme entre le réel et tout ce qui me semblait juste et désirable. » Une dépression nerveuse s'ensuivit.

Nous savons, par le livre de Hugo Ball sur Hermann Hesse, que celui-ci se résolut à suivre en Suisse un traitement psychanalytique, sous la direction d'un élève de Jung : plus de soixante-dix séances de mai 1916 à novembre 1917. Il ne fut pas guéri de ses névroses, mais il en prit plus nette conscience. Le résultat fut bénéfique pour son œuvre, qui passa du plan de la vie quotidienne au plan de la vie mythique : Demian n'aurait peut-être pas été écrit sans l'influence de Jung.

Hesse était retourné en apprentissage, celui du malheur perpétuel : « J'appris à négliger les querelles du monde et à considérer quelle part me revenait de la confusion et de la culpabilité générales... Car on peut toujours redevenir innocent, si l'on reconnaît sa faute et sa souffrance et qu'on les supporte jusqu'au bout au lieu de mettre les autres en accusation... J'étais plongé en moi-même, tout à mon propre sort, avec le sentiment, parfois, qu'il s'agissait de celui de tous les hommes. Je retrouvais en moi la guerre et les envies meurtrières de l'univers, toute sa légèreté, toute sa lâcheté. J'avais à perdre d'abord le respect, puis le mépris de moi-même. Il fallait continuer à fixer le chaos avec l'espoir tantôt s'allumant, tantôt s'éteignant, de trouver au-delà de ce chaos la nature de l'innocence. Chaque homme éveillé à sa pleine conscience doit suivre une fois au moins ce sentier désertique — mais ce serait peine perdue que d'en parler à d'autres. »

En 1919, son foyer détruit, la plupart de ses amis l'ayant abandonné, Hermann Hesse se retira dans un village du Tessin, à Montagnola, près de Lugano, et se fit ermite. Un ermite qui ne dédaignait pas la bouteille, où il trouvait l'oubli de ses rêves. Il devait user aussi de drogues, et l'opium explique le « théâtre magique » du Loup des steppes en même temps qu'il fait de Hesse un précurseur de la littérature psychédélique.

Bien qu'il eût perdu sa foi en sa vocation poétique et ne crût plus beaucoup à la valeur de son travail littéraire, il continua d'écrire. Il se mit aussi à peindre, expliquant que l'on a les doigts rouge et bleu quand on peint, alors qu'on les a noirs en écrivant. Ecrire et peindre sont des jeux destinés à distraire les hommes de leur détresse.

Cependant, au moment même où il affirmait ses doutes au sujet du sérieux de la littérature, Hesse écrivait son Demian avec la conviction plus sincère que jamais de servir une juste cause. Il pariait pour un mariage possible entre le ciel et l'enfer, par le refus de tout mensonge, la destruction des préjugés et une utilisation intelligente de toutes les forces vitales.

Siddhartha est une autre recherche de la sagesse, bien différente. On y verra d'abord, transposé dans un décor hindou et d'ailleurs légendaire, le récit de la révolte de Hesse contre le piétisme de la maison paternelle. On y trouvera ensuite une profession de foi individualiste, un rejet de toutes les doctrines, une condamnation du monde de la puissance et de l'argent, l'éloge de la vie contemplative. Hesse se sert ici de l'écriture la plus sobre : sa simplicité savante évoque un très vieux langage. Des jeunes gens ont pu lire Siddhartha comme une œuvre initiatique et quasiment comme un texte sacré.

Il est à noter qu'à la fin, le fils de Siddhartha fuit la cabane de son père comme Siddhartha lui-même s'était éloigné de la maison paternelle : chacun ne peut trouver que seul sa voie. Hesse ne cessera de le répéter. Cette certitude semble mal s'accorder avec son goût pour les sociétés secrètes, les Ordres mystérieux. Ce solitaire se plaisait dans l'idée qu'il appartenait à une famille spirituelle, aux membres dispersés par le vaste monde et dont le front était marqué d'un signe.

Hesse prétend avoir été surpris de la réputation que lui valut Siddhartha *: « Parce que j'avais beaucoup étudié les philosophies hindoues et chinoises (héritage de mes parents et de mes grands-parents) et que j'exprimais mes nouvelles expériences en partie au moyen d'images orientales, l'on m'appela souvent "bouddhiste", ce qui me faisait rire, car au fond je me sentais plus éloigné de cette religion que de toute autre. Je ne m'aperçus que plus tard que cette imputation portait en elle une ombre de vérité. Si j'avais cru que l'homme pût choisir de son plein gré sa religion, je pense qu'en effet j'aurais ressenti le désir ardent d'une religion conservatrice : j'aurais été disciple de Confucius, de Brahma ou de l'Eglise catholique. Mais en cela j'aurais satisfait un désir de polarité et non pas celui d'une acceptation innée. Je suis non seulement, par hasard, le fils de pieux protestants, mais encore protestant du fond de mon âme (ce qui n'est pas en contradiction avec l'antipathie que j'éprouve pour les confessions protestantes de maintenant). Le vrai protestant se défend contre sa propre Eglise aussi bien que contre les autres, car sa mentalité lui fait préférer l'évolution à la stagnation. Et, dans ce sens, je pense que Bouddha était, lui aussi, un protestant. »*

Hermann Hesse resterait protestant toute sa vie. Cependant, la sagesse orientale ne cesserait d'exercer sur lui sa séduction et, en même temps, son goût du jeu — jeu considéré désormais comme une fonction essentielle de l'homme éveillé — aboutirait à la création du grand Jeu des perles de verre.

Il n'est pas inutile, dans une préface à Siddhartha,

de souligner quelques aspects du roman magistral de la vieillesse de Hesse. Notre auteur, ici, fait face sur deux fronts : il rejette la civilisation moderne, technique et mécanicienne, et il montre l'impuissance d'une conception purement intellectuelle de la culture. La préface de Jacques Martin à l'édition française (chez Calmann-Lévy) indique très bien que Hesse soutient une joute courtoise, à la fois contre Goethe et contre Thomas Mann. Au nom de quel humanisme ? Ce n'est ni l'humanisme de l'« homo faber », ni l'humanisme de l'« homo sapiens ». En dernière analyse, Le Jeu des perles de verre *est un livre religieux.*

Parmi les maîtres de Joseph Valet (le héros du livre), se détache une figure exemplaire : celle du Maître de Musique. Il apprend à son élève non seulement son art, mais l'interprétation des rêves et une technique de la méditation empruntée au yoga. Il meurt en odeur de sainteté, dans une extase sereine, comme s'il avait déjà échappé à la maya.

Le Jeu des perles de verre *est dédié « aux pèlerins d'Orient ». Son centre est la recherche d'une unité cachée de l'univers et de l'esprit humain, idée fondamentale du monisme de Lao-Tsé et du bouddhisme. Hesse y accorde une importance primordiale à la méditation au terme de laquelle le sujet et l'objet se confondent. Il attribue d'autre part à la musique une puissance magique « pour réconcilier l'âme et l'esprit ».*

Le roman lui-même est suivi des « écrits posthumes de Joseph Valet », poèmes et contes. Les contes sont des biographies imaginaires, où Valet consigne ce qu'auraient pu être ses existences antérieures dans le cycle du karma hindou. Le dernier est une biographie indienne. On y voit un jeune prince frustré de son héritage et devenu berger. La mort de l'usurpateur lui rend le pouvoir et il goûte toutes les joies de la terre, mais les malheurs arrivent : sa femme le trompe, son pays est envahi, il est fait prisonnier, son fils est massacré. C'est alors que le roi se retrouve berger. Toute cette histoire n'était qu'un rêve, un jeu de la maya. Et

Valet, réveillé, devient disciple d'un yogin. Il apprendra à respirer, à vivre en ascète, à faire s'évanouir, grâce à la méditation, les mirages de l'existence terrestre. On voit que la fin de cette Biographie indienne est assez proche de celle de Siddhartha.

Thomas Mann a évoqué — dans un texte traduit en 1962 dans les Cahiers des Saisons — l'homme qu'était devenu Hesse, alors qu'il écrivait Le Jeu des perles de verre. Mann décrit « son enjouement tempéré de gravité, sa bonté malicieuse, le beau regard profond de ses yeux, hélas malades, dont le bleu éclaire son visage maigre et anguleux de vieux paysan souabe [...] Comme je l'ai envié, alors ! s'écrie Mann — et non seulement parce qu'il avait trouvé un abri sur une terre libre, mais surtout pour ce libéralisme de l'âme auquel il avait accédé bien avant moi, pour cette philosophie qui le mettait au-dessus de toute politique ».

Hermann Hesse s'était fait naturaliser suisse dès 1924. Au cours des quelque quarante années qui suivirent, il quitta de moins en moins Montagnola. A sa porte venaient parfois frapper des pèlerins qui tantôt s'appelaient Thomas Mann ou André Gide, et qui tantôt étaient de jeunes lecteurs inconnus. C'est à Montagnola que Hesse devait s'éteindre le 9 août 1962.

Un de ses derniers amusements fut de voir la jeunesse anglaise s'intéresser à ses œuvres. Le plus célèbre porte-parole de « jeunes gens en colère », Colin Wilson, le salua comme « l'outsider romantique » et lui consacra tout un chapitre de son ambitieux essai de 1955 (paru en français sous le titre L'Homme en dehors, puisqu'il n'était pas question de l'appeler L'Etranger). Colin Wilson n'avait alors que vingt-quatre ans.

Il est évident que l'œuvre de Hermann Hesse a de quoi plaire à des générations successives de jeunes contestataires : aujourd'hui, ce sont les jeunes Américains, à la suite de Timothy Leary, qui s'enthousiasment à sa lecture et qui ont fait de Siddhartha un des plus grands succès de librairie de l'histoire de l'édition.

Le surprenant — mais qui nous réconforte —, c'est que cette œuvre aimée des jeunes gens est, en même temps, une œuvre littéraire de haute culture. Hermann Hesse a eu raison de se vouloir inactuel. Son œuvre de vieille civilisation s'affirme comme une œuvre de grand avenir.

Jacques BRENNER.

PREMIÈRE PARTIE

LE FILS DU BRAHMANE

Siddhartha, le bel enfant du brahmane, le jeune faucon, grandit en compagnie de son ami, Govinda, fils lui aussi d'un brahmane, à l'ombre de la maison et du figuier, sur la rive ensoleillée du fleuve, auprès des bateaux, dans la verdure de la forêt de Sal. Le soleil brunit ses claires épaules, sur les bords du fleuve, au bain, aux ablutions sacrées, aux saints sacrifices. De sombres lueurs flottaient dans ses yeux noirs, quand, dans les bois de manguiers, il jouait avec les garçons, quand sa mère chantait, quand se faisaient les saints sacrifices, pendant les leçons que lui donnait son père, le savant, ou quand il écoutait la conversation des sages. Il s'y mêlait lui-même depuis longtemps, s'exerçant avec Govinda aux joutes oratoires, à l'art de la contemplation et à la pratique de la méditation. Il savait déjà prononcer sans bruit la parole mystérieuse om [1], il savait la dire silencieusement en lui-même, par aspiration, puis il la redisait par expiration aussi silencieusement, l'âme recueillie, le front rayonnant de la lumineuse

1. *Om.* C'est le présent, le passé et le futur. C'est, dit Mândûkya-Upanishad, le monde entier dans une syllabe, et c'est même encore ce qui peut exister en dehors de ces trois temps. Ce mot se décompose en plusieurs parties formant plusieurs sons AUM, le point qui marque la nasale M (anusvâra) et la résonance (Nâdra). Ces sons symboliseraient les êtres et les choses les plus divers : les heures du jour, les Vedas, les trois dieux, Brahma, Vishnu, Shiva, etc.

clarté de l'esprit. Il savait déjà trouver l'Atman [1] à l'intérieur de son être, indestructible, un avec l'univers.

Le cœur de son père tressaillait de joie à la pensée d'avoir un fils si docile, si studieux, qu'il se représentait déjà sous l'aspect d'un grand sage, d'un prêtre, d'un prince parmi les brahmanes. Le sein de sa mère frémissait de ravissement, rien qu'à regarder marcher, s'asseoir, se lever, son Siddhartha, si fort, si beau, avec ses jambes fines et sa grâce parfaite, quand il la saluait.

L'amour agitait le cœur des jeunes filles des brahmanes, quand Siddhartha passait dans les rues de la ville, le corps élancé, le front rayonnant, le regard brillant d'une fierté royale.

Mais celui qui l'aimait plus que tous les autres, c'était Govinda, son ami, le fils du brahmane. Il aimait dans Siddhartha ses yeux et sa voix caressante, il aimait sa démarche et la grâce accomplie de ses mouvements, il aimait tout ce que Siddhartha disait et faisait ; il aimait par-dessus tout son esprit, sa pensée élevée, fougueuse, sa volonté ardente, sa haute destinée. Govinda se disait : ce n'est pas lui qui sera jamais un vulgaire brahmane, un sacrificateur paresseux, un cupide trafiquant de formules magiques, un vaniteux et sot phraseur, un prêtre astucieux et méchant ; il ne sera jamais non plus de ces bons et sots moutons dont se compose le troupeau de la grande foule. Et, lui non plus, Govinda, ne voulait pas en être un, il ne voulait pas être un brahmane comme il y en avait des milliers. Il voulait suivre Siddhartha qu'il aimait, le magnifique Siddhartha. Et quand un jour Siddhartha deviendrait un dieu, quand il irait rejoindre les divinités rayonnantes, Govinda le suivrait, il serait son ami, son compagnon, son serviteur, son porte-glaive, son ombre.

Et c'est ainsi que tous aimaient Siddhartha. Il était

1. Le souffle en tant que principe de vie, l'âme, la personnalité, l'individu, le moi. (*N. d. T.*)

la joie de tous, le plaisir de tous. Mais lui ne trouvait en lui-même aucune joie, aucun plaisir. Qu'il se promenât par les sentiers fleuris du jardin aux figuiers, qu'il restât assis à l'ombre du bocage de la méditation, qu'il allât se purifier chaque jour au bain expiatoire, qu'il sacrifiât à la divinité dans la sombre forêt des manguiers, lui, dont les gestes étaient tout harmonie, que tous aimaient et qui était la joie de tous, il ne portait aucune joie au fond de son cœur. Les eaux du fleuve dans leur cours lui apportaient des rêves et des pensées sans fin, les étoiles dans leur scintillement, les rayons du soleil dans leur ardeur dévorante, la fumée des sacrifices, le souffle mystérieux qui passait dans les vers du Rig-Veda, la science distillée par les vieux brahmanes, toutes ces choses peuplaient son esprit et répandaient l'inquiétude dans son âme.

Siddhartha commençait à se sentir mécontent de lui-même ; il commençait à s'apercevoir que l'amour de son père, l'amour de sa mère et même l'attachement de son ami Govinda ne feraient pas son bonheur, ne le calmeraient pas, ne le rassasieraient pas, en un mot, ne lui suffiraient pas toujours, ne lui suffiraient jamais. Il commençait à se douter que son vénérable père et ses autres maîtres, les sages brahmanes, lui avaient déjà communiqué la plus grande partie et le meilleur de leur sagesse, qu'ils avaient déjà versé dans son âme et dans son esprit tout le contenu des leurs, sans pouvoir les remplir : l'esprit n'était pas satisfait, l'âme n'était pas sereine et le cœur n'était point tranquille. Les ablutions avaient du bon, mais ce n'était que de l'eau et elles ne purifiaient pas du péché, elles n'étanchaient pas la soif de l'esprit, elles ne guérissaient pas les angoisses du cœur. Les sacrifices étaient excellents et l'évocation des dieux... mais était-ce là tout ? Les sacrifices donnaient-ils le bonheur ? Et des dieux, que pouvait-il attendre ? Le créateur du monde était-ce vraiment Prajapati ? N'était-ce pas plutôt l'Atman, Lui, l'Unique, le Seul ? Les dieux n'étaient-ils point des êtres comme toi et moi, tributaires du temps et périssables ? Etait-il bien, était-il juste de leur sacrifier, était-ce vraiment un acte important, l'acte le plus noble, le plus méritoire ? A qui donc sacrifier encore, à qui fallait-il exprimer sa vénération sinon à Lui, l'Unique, l'Atman ? Et où habitait l'Atman, où le trouver, où battait donc son cœur éternel, où ? sinon dans notre propre moi, dans notre intérieur, dans ce réduit indestructible que chacun porte en soi. Mais où, où était ce moi, où était cet intérieur ? ce Dernier ? Ce n'était ni la chair, ni les os, ce n'était pas la pensée, ce n'était pas non plus la conscience. Qu'était-ce donc alors ? Pour pénétrer jusqu'au moi, jusqu'à l'Atman, y avait-il un autre chemin qu'il valût la peine de chercher ? Hélas ! personne pour le montrer ce chemin, personne ne le savait, ni le père, ni les maîtres, ni les sages, ni les saints cantiques du sacrifice ! Ils savaient tout ces brahmanes et leurs livres sacrés, tout ; ils s'étaient occupés de tout et du reste : de la création du monde, des origines du langage, des aliments, de la façon d'aspirer et d'expirer, de l'ordre des sens, des actions des dieux — ils savaient une infinité de choses — mais que valait tout ce savoir, quand on ignore la seule chose qui importe le plus au monde ?

Sans doute, il y avait des livres sacrés, entre autres dans l'Upanishad de Samaveda, des vers magnifiques, qui parlaient de cet intérieur et de ce moi. Il y était dit : « Ton âme est tout l'univers », et plus loin : « L'homme qui dort d'un profond sommeil retourne à son intérieur, et habite dans l'Atman. » Il y avait dans ces poèmes une sagesse merveilleuse, tout le savoir des plus sages se trouvait là en paroles magiques, pur comme le miel des abeilles. Non, certes, elle n'était pas à dédaigner cette énorme accumulation de connaissances que d'innombrables générations de sages brahmanes avaient produite et qu'on conservait précieusement. Mais où étaient-ils ces brahmanes, ces prêtres, où étaient-ils ces sages ou ces pénitents qui avaient pu non seulement savoir, mais vivre tout ce qu'ils savaient ?

Siddhartha connaissait de nombreux et vénérables brahmanes, sans parler de son père, l'homme pur, l'érudit, digne entre tous d'être vénéré. On l'admirait ce père au maintien digne et silencieux, à la vie pure, à la parole pleine de sagesse et sous le front duquel n'habitaient que des pensées délicates et élevées ; mais lui aussi, qui savait tant de choses, vivait-il dans le bonheur, avait-il la paix, n'était-il pas lui aussi de ceux qui cherchent, qui ont soif de vérité ? Ne lui fallait-il pas sans cesse se désaltérer aux sources sacrées, se retremper au sacrifice, à la lecture des livres saints, aux entretiens avec les autres brahmanes ? Pourquoi, lui, l'homme sans reproche, se croyait-il obligé de se purifier chaque jour de ses fautes par les ablutions et toujours, toujours de nouveau ? L'Atman n'était-il donc pas en lui ? Cette source de vie ne coulait-elle donc pas dans son propre cœur ? C'est cette source qu'il fallait découvrir dans son propre moi, c'est elle qu'il fallait posséder ! Tout le reste n'était que vaines recherches, détours, égarement.

Telles étaient les pensées de Siddhartha, tels étaient aussi son aspiration et son mal.

Souvent il se répétait à lui-même ces paroles d'un Chandogya-Upanishad : « En vérité, le nom de Brahmane est satyam et celui qui le sait pénètre chaque jour dans le monde céleste. » Que de fois ce monde céleste ne lui avait-il pas semblé tout proche, mais jamais il n'avait pu l'atteindre tout à fait, jamais il n'avait pu assouvir toute sa soif. Et parmi tous les sages qu'il connaissait, même les plus sages, et dont il recevait les enseignements, il n'en était pas un non plus qui l'eût atteint tout à fait, ce monde céleste, pas un qui l'eût assouvie tout entière cette soif sans fin.

« Govinda, dit Siddhartha, Govinda, mon bien cher, viens avec moi sous le banyan, nous nous y livrerons à la méditation. »

Ils se rendirent à l'arbre et s'assirent, Siddhartha

au pied, et Govinda à vingt pas plus loin. A cet instant et sur le point de prononcer le *Om*, Siddhartha répéta, en murmurant, ces vers :

Om est l'arc, la flèche est l'âme ;
Brahma est le but de la flèche,
Et c'est lui qu'il faut atteindre à tout prix.

Lorsque le temps nécessaire à cet exercice de méditation fut écoulé, Govinda se leva. Il était déjà tard et l'heure de procéder à l'ablution du soir était venue. Il appela Siddhartha par son nom. Siddhartha ne répondit pas. Siddhartha était encore abîmé dans sa méditation, ses yeux regardaient fixement devant eux, vers un but très lointain. Le bout de sa langue sortait légèrement entre ses dents. Il semblait ne plus respirer. Il restait assis dans cette attitude de profonde méditation, tout à *Om*, l'âme lancée, comme la flèche, vers Brahma.

Un jour, trois Samanas passèrent par la ville de Siddhartha. C'étaient des hommes maigres, épuisés par les privations, des ascètes en pèlerinage, auxquels on ne pouvait donner aucun âge. Ils avaient les épaules couvertes de sang, de poussière ; leur corps était presque nu et brûlé par le soleil. Toujours solitaires, étrangers et hostiles au monde, ils étaient des intrus, de maigres chacals dans la société humaine. On sentait sur leur passage le souffle brûlant d'une passion silencieuse, d'une activité destructrice, d'un impitoyable détachement de soi-même.

Le soir, après l'heure consacrée à la contemplation, Siddhartha dit à Govinda : « Demain, de bonne heure, mon ami, Siddhartha ira rejoindre les Samanas. Il sera Samana lui-même. »

Govinda pâlit en entendant ces paroles, car il lisait en même temps sur le visage impassible de son ami une décision sur laquelle il serait aussi difficile de le faire revenir que de retenir la flèche décochée par l'arc : « Allons ! se dit-il, c'est le commencement. Siddhartha marche maintenant vers sa destinée et moi, vers la mienne. » Et son visage prit la pâleur d'une écorce de banane.

« O Siddhartha, s'écria-t-il, ton père te le permettra-t-il ? » Siddhartha regarda de son côté comme quelqu'un qui se réveille. Plus rapidement que ne passe la flèche, Siddhartha lut dans l'âme de Govinda l'angoisse et la soumission : « O Govinda, fit-il, tout bas, ne prononçons pas d'inutiles paroles. Demain, aux premières lueurs du jour, je commencerai ma vie de Samana. Ne parle plus de cela. »

Siddhartha entra dans la chambre où son père se tenait assis sur une natte de baste. Il s'avança derrière lui et resta là, immobile jusqu'à ce que son père sentît qu'il y avait quelqu'un derrière lui. Le brahmane dit alors : « Est-ce toi, Siddhartha ? Dis ce que tu es venu me dire. »

Siddhartha répondit : « Si tu le permets, père, je suis venu pour te dire que je désire quitter la maison demain pour aller rejoindre les ascètes. Je veux être Samana. Puisse mon père ne pas s'opposer à mon désir ! »

Longtemps, longtemps le brahmane garda le silence, si longtemps que par la petite fenêtre on vit les étoiles s'allumer et changer de forme avant que le silence ne prît fin. Muet et immobile, le fils demeurait là, les bras croisés ; muet et immobile, le père restait assis sur sa natte et, dans le ciel, les étoiles continuaient leur course. Enfin, le père éleva la voix : « Il ne convient pas à un brahmane, dit-il, de prononcer des paroles de violence et de colère, mais l'indignation agite mon cœur. Que je n'entende pas ta bouche exprimer une seconde fois ce désir ! »

Le brahmane se leva lentement, mais Siddhartha restait toujours à la même place, les bras croisés et silencieux.

« Qu'est-ce que tu attends ? » demanda le père. Siddhartha répondit : « Tu le sais. » Irrité, le père quitta la chambre et se dirigea vers sa couche où il s'étendit. Au bout d'une heure, comme le sommeil le fuyait, le brahmane se leva, fit quelques pas en long

et en large, puis sortit de la maison. Il jeta un regard
à l'intérieur par la petite fenêtre et vit Siddhartha,
toujours debout, les bras croisés. Sa tunique claire
faisait une tache pâle dans la nuit. L'âme agitée, le
père retourna à sa couche.

Au bout d'une heure, comme le sommeil le fuyait,
le brahmane se leva, fit quelques pas en long et en
large, sortit de la maison et regarda la lune qui montait dans la nuit. Il jeta un regard par la fenêtre de la
chambre ; Siddhartha se tenait toujours là, debout et
immobile, les bras croisés. Un rayon de lune éclairait
ses jambes nues. Le cœur inquiet, le père revint à sa
couche. Et il se leva encore, une heure après, puis
encore deux heures après, et par la petite fenêtre, il
vit Siddhartha, toujours debout, dans la clarté de la
lune, dans la lueur des étoiles, dans l'obscurité. Et il
revint d'heure en heure, silencieux ; et regardant
dans la chambre, il le vit toujours debout dans la
même immobilité ; et son cœur s'emplissait de
colère, son cœur s'emplissait d'inquiétude, son cœur
s'emplissait d'hésitation, son cœur s'emplissait de
pitié. Et quand vint la dernière heure de la nuit, un
peu avant le jour, il revint, rentra dans la chambre,
vit le jeune homme debout. Il lui sembla grandi et
étranger.

« Siddhartha, dit-il, qu'est-ce que tu attends ? —
Tu le sais. — Vas-tu toujours attendre là, debout,
jusqu'au jour, jusqu'à midi, jusqu'au soir ?

— J'attendrai debout.

— Tu te fatigueras, Siddhartha.

— Je me fatiguerai.

— Tu t'endormiras, Siddhartha.

— Je ne m'endormirai pas.

— Tu vas mourir, Siddhartha.

— Je mourrai.

— Et tu préfères mourir plutôt que d'obéir à ton
père ?

— Siddhartha a toujours obéi à son père.

— Alors tu renonces à ton projet ?

— Siddhartha fera ce que lui dira son père. »

Les premières lueurs de l'aube éclairaient la chambre. Le brahmane vit que Siddhartha commençait à trembler sur ses jambes, mais son visage ne tremblait pas, son regard demeurait perdu dans le lointain. Alors le père comprit que son fils n'était déjà plus auprès de lui, qu'il était déjà loin de son pays, qu'il l'avait déjà quitté.

Le père toucha l'épaule de Siddhartha.

« Tu iras donc, lui dit-il, dans la forêt et tu seras Samana. Si tu y trouves le bonheur, reviens, tu me l'enseigneras. Si tu n'y trouves que désillusion, reviens, et nous continuerons à sacrifier ensemble aux dieux. Maintenant, va embrasser ta mère, et dis-lui où tu vas. Pour moi, il est temps de me rendre au fleuve pour y faire ma première ablution. »

Il retira sa main de l'épaule de son fils et sortit. Siddhartha chancela lorsqu'il essaya de se mouvoir, mais il força ses membres à obéir, s'inclina devant son père et alla trouver sa mère pour faire ce que son père lui avait dit.

Aux premiers rayons de soleil, il abandonnait la ville encore silencieuse, marchant lentement sur ses jambes raidies. Une ombre se détacha de la dernière chaumière où elle s'était blottie et rejoignit le pèlerin : c'était Govinda.

« Tu viens ? dit Siddhartha avec un sourire.

— Je viens », répondit Govinda.

CHEZ LES SAMANAS

Le soir de ce même jour, ils rattrapèrent les ascètes, les maigres Samanas. Ils s'offrirent à les accompagner et à leur obéir. Ils furent acceptés. Chemin faisant, Siddhartha fit don de ses vêtements à un pauvre brahmane. Il ne conserva qu'une ceinture pour couvrir sa nudité et un petit manteau couleur de terre sans couture. Il ne mangeait qu'une fois par jour et jamais rien de cuit. Pendant quinze jours, il jeûna, puis pendant vingt-huit jours. Il n'eut bientôt plus de cuisses, ni de mollets. Devant ses yeux agrandis flamboyaient d'ardentes visions ; à ses doigts amincis poussèrent des ongles démesurés et son menton se couvrit d'une barbe ébouriffée et sèche. Quand il rencontrait des femmes, son regard devenait de glace ; de sa bouche jaillissait le mépris quand il passait dans une ville auprès des gens bien vêtus. Il vit des marchands qui trafiquaient, des princes qui allaient à la chasse, des personnes en deuil qui pleuraient leurs morts, des filles qui s'offraient, des médecins qui soignaient des malades, des prêtres qui fixaient le jour des semailles, des amants qui s'aimaient, des mères qui donnaient le sein à leurs enfants — et tout cela ne semblait pas mériter un de ses regards, tout mentait, tout sentait le mal, tout sentait le mensonge, tout n'était que feintes : la raison, le bonheur et la beauté, tout n'était qu'une décomposition cachée. Le monde avait un goût bien amer et la vie n'était qu'une torture !

Un but, un seul, se présentait aux yeux de Siddhartha : vider son cœur de tout son contenu, ne plus avoir d'aspiration, de désirs, de rêves, de joies, de souffrances, plus rien. Il voulait mourir à lui-même, ne plus être soi, chercher la paix dans le vide de l'âme et, par une abstraction complète de sa propre pensée, ouvrir la porte au miracle qu'il attendait. « Quand le moi sous toutes ses formes sera vaincu et mort, se disait-il, quand toutes les passions et toutes les tentations qui viennent du cœur se seront tues, alors se produira le grand prodige, le réveil de l'Etre intérieur et mystérieux qui vit en moi et qui ne sera plus moi. »

Silencieux, Siddhartha se tenait debout sous les rayons perpendiculaires du soleil, brûlé par la douleur, consumé par la soif, il restait pourtant jusqu'à ce qu'il ne sentît plus ni douleur ni soif. Silencieux, il se tenait sous l'averse, à la saison des pluies ; l'eau lui coulait des cheveux sur ses épaules frissonnantes, sur ses hanches et sur ses jambes, mais le pénitent demeurait là, jusqu'à ce que ses épaules et ses jambes ne sentissent plus le froid et ne frémissent plus. Sans mot dire, il s'enfonçait dans les broussailles d'épines ; le sang dégouttait de sa peau brûlante avec le pus des tumeurs, mais Siddhartha s'obstinait à rester, et il restait jusqu'à ce que le sang ne coulât plus, jusqu'à ce qu'il fût insensible aux piqûres et aux brûlures. Siddhartha, le corps droit, s'appliquait à diminuer son souffle, à ne respirer que le moins possible et à retenir complètement son haleine. Il s'habitua, en agissant sur ses organes respiratoires, à calmer les pulsations de ses artères, à réduire les battements de son cœur au plus petit nombre possible et presque à rien.

Instruit par le plus âgé des Samanas, Siddhartha s'exerçait aussi à sortir de lui-même, en pratiquant la méditation d'après les nouvelles règles des Samanas. Qu'un héron vînt à passer au-dessus de la forêt de bambous et Siddhartha s'identifiait aussitôt avec l'oiseau, il volait avec lui au-dessus des forêts et des montagnes, il devenait héron, vivait de poissons, souffrait sa faim, parlait son langage et mourait de sa mort. Un chacal mort gisait-il sur le sable du rivage, l'âme de Siddhartha se glissait dans le cadavre, gonflait, puait, pourrissait, était déchiquetée par les hyènes, dépouillée par les vautours, devenait squelette, poussière, se dispersait dans l'espace. Et l'âme de Siddhartha revenait, après avoir été morte, décomposée, réduite en poussière ; elle subit l'âpre enivrement de la course dans le cercle des transmutations ; reprise d'une nouvelle frénésie, elle guettait maintenant, comme le chasseur, l'issue par laquelle elle pourrait s'évader du cercle, l'instant où commencerait la fin des causes, l'éternité sans souffrances. Il tua ses sens, il tua ses souvenirs, il s'échappa de son moi sous mille formes différentes ; il fut bête, il fut charogne, il fut pierre, bois, eau, et chaque fois au réveil, il se retrouvait ; que le soleil brillât ou la lune, il reprenait son moi, puis il recommençait sa course éperdue dans le même cercle ; il était ressaisi par les désirs, il tuait les désirs et les désirs renaissaient toujours.

Avec les Samanas, Siddhartha apprit beaucoup de choses et nombreuses furent les voies qu'il suivit pour s'éloigner de son moi. Il crut le perdre dans le sentier de la douleur, en s'imposant volontairement des souffrances qu'il domptait : la faim, la soif, la fatigue. Il s'engagea, pour s'en défaire, dans la voie de la méditation ; il chercha à ne plus penser du tout, en chassant de son esprit ce que ses sens lui représentaient. Il recourut à tous ces moyens et à beaucoup d'autres encore ; mille fois, il perdit son moi et resta des heures et des jours dans le non-moi. Mais si toutes ces voies l'éloignaient de son moi, elles le ramenaient pourtant toujours à lui. Siddhartha eut beau le fuir pour la millième fois, se plonger dans le néant sous la forme d'un animal, d'une pierre, il y revenait infailliblement. Cette heure inexorable retrouvait Siddhartha et son moi sous les rayons du soleil ou au clair de lune, à l'ombre des bois ou sous la pluie, et la torture du cercle dans lequel il était condamné à tourner recommençait.

A ses côtés vivait Govinda, son ombre, qui, lui aussi, suivait les mêmes voies, faisait les mêmes efforts. Rarement, ils s'entretenaient de choses autres que celles qui avaient trait à leur service ou à leurs exercices. Parfois ils allaient tous deux dans les villages mendier leur nourriture et celle de leurs maîtres.

Un jour qu'ils marchaient côte à côte, en quêtant, Siddhartha dit : « Quelles sont tes pensées ? Govinda, crois-tu que nous ayons fait des progrès, sommes-nous près du but ? »

Govinda répondit : « Nous avons appris beaucoup de choses et nous en apprendrons encore. Tu seras un grand Samana. Tu t'es vite familiarisé avec toutes les pratiques, et les vieux Samanas eux-mêmes t'ont souvent admiré. Un jour, Siddhartha, tu seras un saint. »

Siddhartha dit alors : « Il me semble que non, mon ami ; ce que j'ai appris jusqu'à ce jour auprès des Samanas, ô Govinda, j'aurais pu l'apprendre plus vite et avec moins de peine. Dans n'importe quel cabaret du quartier où habitent les filles de joie, parmi les charretiers et les joueurs de dés, j'aurais pu l'apprendre. » Govinda répliqua : « Siddhartha prend plaisir à se moquer de moi. Comment aurais-tu pu apprendre là-bas, auprès de ces misérables, à méditer, à retenir ta respiration, à être insensible à la douleur et à supporter la faim ? »

Et Siddhartha dit tout bas, comme s'il se parlait à lui-même : « Qu'est-ce que la méditation ? Qu'est-ce que l'abandon du corps ? Qu'est-ce que le jeûne ? Qu'est-ce que retenir sa respiration ? C'est fuir de son moi, c'est échapper pour quelques instants aux tourments de son être, c'est endormir pour un temps la douleur et oublier les extravagances de la vie. Mais tout cela, le premier bouvier venu le trouve dans une auberge, en buvant quelques coupes de vin de riz ou de lait de coco fermenté ! Alors il s'oublie soi-même, il ne sent plus les douleurs de la vie, il est devenu insensible à tout. Dans cette coupe de vin, il trouve ce même oubli que Siddhartha et Govinda trouvent aussi, quand, au prix de longs efforts, ils s'échappent de leur corps et habitent dans leur non-moi. Il en est ainsi, ô Govinda ! »

« Tu dis cela, ô mon ami, reprit Govinda, mais tu sais bien que Siddhartha n'a rien d'un bouvier et qu'un Samana n'est pas un ivrogne. Sans doute, le buveur s'étourdit en buvant, sans doute trouve-t-il dans le vin une absence de soi-même et un répit de courte durée, mais bientôt il revient de cette démence et retrouve toutes choses comme auparavant. Il n'a rien gagné en sagesse, rien acquis en connaissances et ne s'est point élevé d'un degré vers le bien. »

Et Siddhartha dit avec un sourire : « Je l'ignore ; jamais je n'ai été un buveur. Mais une chose est certaine, c'est que moi, Siddhartha, je n'ai jamais trouvé dans mes pratiques et mes méditations que de brefs instants de torpeur et que je suis aussi éloigné de la sagesse et de la délivrance, que je l'étais dans le sein de ma mère ; je le sais, ô Govinda, je le sais. »

Et une autre fois encore que Siddhartha sortait du bois en compagnie de Govinda pour aller mendier au village la nourriture de ses frères et de ses maîtres, Siddhartha, prenant la parole, dit : « Eh bien, Govinda, sommes-nous vraiment dans la bonne voie ? Approchons-nous de la science ? Touchons-nous bientôt à l'affranchissement ? Ou nous mouvons-nous toujours dans le même cercle vicieux... nous qui espérions tant pouvoir en sortir ? »

Govinda dit : « Nous avons appris bien des choses, Siddhartha, mais il nous en reste encore beaucoup à apprendre. Nous ne tournons pas dans un cercle, nous nous élevons vers le ciel, car ce cercle est une spirale et nous sommes déjà arrivés assez haut. »

A quoi Siddhartha répondit : « Quel âge crois-tu

pouvoir donner au plus vieux de nos Samanas, à notre vénérable maître ? »

Govinda lui dit : « Le plus âgé d'entre nous peut bien avoir soixante ans. »

Et Siddhartha : « Il a vécu soixante ans et n'a pas encore atteint au Nirvana. Il arrivera à soixante-dix, à quatre-vingts ans ; toi et moi, nous deviendrons aussi vieux et nous continuerons à pratiquer, à jeûner, à méditer. Mais ni lui, ni nous, n'atteindrons jamais au Nirvana. O Govinda ! Je crois bien que de tous les Samanas qui existent, il n'y en a pas un peut-être qui atteigne au Nirvana. Nous trouvons des consolations, nous trouvons l'oubli passager, mais ce ne sont là que des artifices au moyen desquels nous nous trompons nous-mêmes. L'essentiel, la voie qui, entre toutes les voies, doit nous mener au but, nous ne la trouverons jamais.

— Tu ne devrais pas, s'écria Govinda, tu ne devrais pas prononcer de si effrayantes paroles, Siddhartha ! Comment admettre que parmi tant d'hommes savants, parmi tant de brahmanes, parmi tant d'austères et dignes Samanas, parmi tant de saints hommes qui s'appliquent de toutes leurs forces à chercher le bon chemin, pas un seul ne réussisse à le trouver ? »

Mais Siddhartha lui dit d'une voix douce, où l'on sentait autant de tristesse que d'ironie : « Ton ami, Govinda, va bientôt quitter ce sentier des Samanas, qu'il a si longtemps parcouru avec toi. Je souffre de la soif, ô Govinda, et sur ce long sentier des Samanas, ma soif n'a en rien diminué. J'ai eu toujours soif de science et toujours sur mes lèvres se pressent mille questions. D'une année à l'autre, j'ai questionné les brahmanes, d'une année à l'autre, j'ai interrogé ces Vedas sacrés, d'une année à l'autre, j'ai questionné les pieux Samanas. Peut-être, ô Govinda, eût-il été aussi bon, aussi intelligent et aussi salutaire de m'adresser au corbeau cornu ou au chimpanzé. Il m'a fallu beaucoup de temps pour apprendre moi-même cette cruelle vérité dont je ne suis peut-être pas encore assez pénétré, ô Govinda, c'est qu'on ne peut rien apprendre ! Je crois bien qu'en effet, cette chose que nous nommons *apprendre* n'existe pas. Il n'y a qu'un savoir, ô mon ami, et qui est partout, c'est l'Atman, qui est en moi, en toi, et dans chaque être. Et voilà pourquoi je commence à croire qu'il n'est pas de plus grand ennemi du vrai savoir que de vouloir savoir à tout prix, d'*apprendre*. »

A ces mots, Govinda s'arrêta dans le sentier, leva les mains et dit : « Puissent de telles paroles, Siddhartha, ne pas jeter l'angoisse dans le cœur de ton ami ! Et pourtant c'est un sentiment d'inquiétude qu'elles font naître dans mon âme ; car, réfléchis un peu : en quoi consisterait la sainteté, la prière, que deviendrait la dignité de l'état de brahmane, la sainteté des Samanas, s'il en était comme tu le dis, si apprendre ne servait de rien ? Que deviendrait alors, ô Siddhartha, tout ce qu'il y a de saint, de précieux, de vénérable sur la terre ? »

Et Govinda se mit à murmurer des vers, des vers d'un Upanishad :

*Celui dont la pensée a été purifiée et qui, par la
    méditation,*
se confond dans l'Atman
*goûte une joie du cœur que nulle parole ne peut
    exprimer.*

Mais Siddhartha garda le silence. Il réfléchissait aux paroles que Govinda lui avait dites et pesait chacune d'elles.

« Oui, pensait-il, en se tenant debout, la tête baissée, que resterait-il de tout ce qui paraissait sacré à nos yeux ? Que reste-t-il ? Qu'est-ce qui résiste à l'épreuve ? » Et il secoua la tête.

Les deux jeunes gens se trouvaient depuis environ trois ans avec les Samanas dont ils partageaient l'existence, quand, un jour, une nouvelle — était-ce un bruit ou une légende ? — arriva jusqu'à eux par les voies les plus détournées : un homme était apparu, qu'on appelait Gotama, le Sublime, le Bouddha. Il avait vaincu en lui les souffrances du monde et arrêté la roue des réincarnations. Entouré de disciples, il parcourait le pays en enseignant, dénué de tout, sans foyer, sans femme, vêtu du manteau jaune des ascètes, mais le front serein, heureux, et les brahmanes et les princes s'inclinaient devant lui et devenaient ses élèves.

Cette légende, ce bruit ou ce conte, montait comme un chant, se répandait partout comme un parfum : dans les villes, les brahmanes en parlaient, dans les forêts, les Samanas ; et toujours le nom de Gotama, de Bouddha, revenait aux oreilles des jeunes gens, avec des louanges chez ceux qui le disaient bon et des insultes chez ceux qui le disaient mauvais.

Comme dans une contrée où règne la peste, quand se répand la nouvelle qu'ici ou là se trouve un homme, un sage ou un savant dont la parole ou le souffle suffit pour guérir ceux qui sont frappés du mal, tout le monde parle de lui, beaucoup croient, beaucoup doutent, mais beaucoup aussi se mettent en route pour aller trouver le Sage, le Sauveur ; de même cette légende tout imprégnée du parfum de Gotama, du Bouddha, du Sage de la famille des Sakya, se propageait à travers les pays. « Les plus hautes connaissances, disaient les croyants, lui étaient échues en partage : il se rappelait ses vies antérieures, il avait touché au Nirvana et ne retournerait plus dans le cercle des existences, il ne se confondrait plus dans la sombre foule des formes humaines. » On racontait de lui des histoires merveilleuses et incroyables ; il avait fait des miracles, il avait vaincu le diable, il s'était entretenu avec les dieux. En revanche ses ennemis et les incrédules prétendaient que Gotama n'était qu'un vain séducteur, qui passait ses jours dans les délices, dédaignant les sacrifices ; qu'il n'avait aucun savoir et ignorait les pratiques religieuses et les mortifications.

Cette histoire de Bouddha était douce à entendre et ce qu'on racontait agissait comme un charme. Le monde était malade, la vie bien dure à supporter... et voilà qu'une source semble jaillir, voilà que retentit, plein de consolations, de tendresse et de nobles promesses, l'appel d'un messager. Partout où arrivait un écho de Bouddha, partout, dans les contrées de l'Inde, les jeunes gens tendaient l'oreille, sentaient naître en eux des aspirations inconnues, des espérances, et les fils de brahmanes des villes et des villages accueillaient avec empressement chaque pèlerin et chaque étranger qui leur apportait des nouvelles du Sublime, du Sakyamuni.

Cette légende avait aussi pénétré jusqu'aux Samanas, dans la forêt, jusqu'à Siddhartha et jusqu'à Govinda, lentement, goutte à goutte, et chaque goutte était lourde d'espoir, chaque goutte était lourde de doute. Cependant ils en parlaient peu, car le plus ancien des Samanas accordait peu de crédit à ces bruits. Il avait entendu dire que ce prétendu Bouddha avait été autrefois ascète et qu'il avait vécu dans les bois ; mais qu'il était ensuite retourné à une vie de plaisirs et de débauches. Il tenait donc ce Gotama en très piètre estime.

« O Siddhartha, dit un jour Govinda à son ami, au village où j'étais aujourd'hui, un brahmane m'invita à entrer dans sa maison où se trouvait le fils d'un brahmane de Magadha qui a vu Bouddha de ses propres yeux et l'a entendu enseigner. Eh bien, l'émotion me coupait la respiration et je me disais : « Que ne puis-je aussi, moi, que ne pouvons-nous tous les deux, Siddhartha et moi, passer une heure à entendre la parole de cet homme accompli ! » Dis-moi, ami, si nous allions aussi là-bas entendre la doctrine de la bouche de Bouddha ? »

Siddhartha répondit : « J'avais toujours cru, ô Govinda, que mon ami resterait auprès des Samanas, j'avais toujours pensé que son but était d'atteindre soixante et soixante-dix ans et de continuer toujours à pratiquer les arts et les exercices qui font le charme de leur existence. Mais je m'aperçois que je ne connaissais pas encore suffisamment Govinda, que j'ignorais presque tout ce qui se passe dans son cœur. Tu veux donc, mon très cher, t'engager dans un nouveau sentier, pour aller où Bouddha enseigne sa doctrine ? »

Govinda lui dit : « Tu te plais à me railler. A ton aise, Siddhartha ! Mais toi-même, ne sens-tu pas le besoin, n'éprouves-tu pas l'envie d'entendre cette doctrine ? Et ne me disais-tu pas un jour que tu ne suivrais pas plus longtemps la même route que les Samanas ? »

Alors Siddhartha se mit à rire, comme cela lui arrivait parfois, et d'une voix légèrement altérée par la tristesse et l'ironie il reprit : « Tu as bien parlé, Govinda, et tes souvenirs sont exacts. Mais souviens-toi aussi de ce que tu m'as entendu dire, que j'ai fini par me méfier et me lasser des doctrines et de tout ce qui s'apprend, et que ma foi en les paroles des maîtres qui parviennent jusqu'à nous est bien faible. Mais peu importe, très cher, je suis prêt à entendre cette doctrine, bien que quelque chose me dise au fond du cœur que nous en avons déjà recueilli les meilleurs fruits. »

Govinda répondit : « Je suis bien heureux que tu sois prêt à partir ; mais dis-moi, comment, selon toi, serait-il possible que la doctrine de Gotama nous ait donné ses meilleurs fruits, avant même que nous la connussions ? »

Siddhartha dit : « Contentons-nous de jouir de ces fruits et attendons, ô Govinda ! Pour l'instant, celui que nous devons à Gotama, c'est de nous faire quitter les Samanas ! Nous donnera-t-il encore quelque autre chose de meilleur, ô mon ami, c'est ce qu'il nous faut attendre d'un cœur tranquille. »

Ce même jour, Siddhartha fit connaître au plus âgé des Samanas la décision qu'il avait prise de le quitter. Il la lui communiqua avec la déférence et la modestie qui conviennent au disciple et à l'élève. Mais le Samana se mit en colère en apprenant que les deux jeunes gens voulaient le quitter, il parla haut et proféra des insultes grossières.

Govinda prit peur et se sentit embarrassé, mais Siddhartha approchant sa bouche de l'oreille de Govinda lui dit tout bas : « Voilà le moment de montrer à ce vieillard ce que j'ai appris auprès de lui. » Se plaçant alors tout près et bien en face du Samana, il se concentra en lui-même, saisit de son regard le regard du vieillard, le fascina, le rendit muet, sans volonté, lui imposa la sienne et lui enjoignit de faire sans mot dire ce qu'il lui ordonnerait. Le vieil homme se tut, son regard se fixa dans le vide, sa volonté se trouva paralysée et il demeura là, les bras pendants, impuissant. La puissance fascinatrice de Siddhartha l'avait vaincu. Alors les pensées de Siddhartha s'emparèrent du Samana qui dut faire ce qu'elles lui imposaient. Et le vieux s'inclina à plusieurs reprises, traça des gestes de bénédiction en murmurant des souhaits de bon voyage. Et les jeunes gens le remercièrent en lui rendant ses saluts et ses souhaits, puis ils s'en allèrent. Chemin faisant, Govinda dit : « O Siddhartha, tu en as appris chez les Samanas beaucoup plus que je ne croyais. Il est difficile, très difficile même, de fasciner un vieux Samana. Vraiment, si tu étais resté là-bas, tu aurais bientôt appris à marcher sur l'eau.

— Je ne désire nullement marcher sur l'eau, dit Siddhartha. Laissons cette satisfaction aux vieux Samanas ! »

GOTAMA

Dans la ville de Savathi, chaque enfant savait le nom du sublime Bouddha, et dans chaque maison on était prêt à emplir la sébile des disciples de Gotama, les silencieux quêteurs. Gotama se tenait de préférence à proximité de la ville, dans le Jetavana [1], don d'un riche négociant, nommé Anathapindika, au Sublime qu'il vénérait profondément et à ses disciples.

Tous les récits entendus et toutes les réponses faites aux questions des deux jeunes ascètes en quête du séjour de Gotama les avaient conduits dans cette contrée.

Aussi, à peine étaient-ils arrivés à Savathi que les habitants de la première maison devant laquelle ils s'arrêtèrent leur offrirent des aliments. Ils acceptèrent les aliments et Siddhartha questionna la femme qui les leur tendait :

« Femme charitable, lui dit-il, nous voudrions bien savoir où se trouve le Bouddha, le Très Vénérable ; nous sommes deux Samanas de la forêt et nous sommes venus ici pour voir cet homme accompli et apprendre sa doctrine de sa bouche. »

La femme répondit : « En vérité, vous êtes venus au bon endroit, Samanas de la forêt. Sachez donc que le Sublime habite à Jetavana, dans le jardin d'Anathapindika. Là-bas, ô pèlerins, vous pourrez

1. Jetavana : « Jardin de Jêta ».

passer la nuit, car il y a assez de place pour ceux qui, innombrables, arrivent de tous côtés, afin d'entendre la doctrine de sa bouche. »

Govinda en fut rempli de joie et s'écria :

« Tant mieux alors, nous avons atteint notre but et sommes au bout de notre route. Mais dis-nous donc, toi, mère des pèlerins, connais-tu le Bouddha, le connais-tu, l'as-tu vu de tes propres yeux ? »

Et la femme répondit : « Combien de fois l'ai-je vu, le Sublime ! Nombreux sont les jours où je l'ai vu, alors que, silencieux, il passait, avec son manteau jaune, dans les petites rues, tendait sans mot dire sa sébile aux portes des maisons et s'en allait quand elle était pleine. »

Govinda, charmé, écoutait avidement et aurait voulu poser encore d'autres questions. Mais Siddhartha l'engagea à poursuivre leur chemin. Ils dirent merci à la femme et s'éloignèrent. C'est à peine s'ils eurent besoin de demander la route, car un assez grand nombre de pèlerins, et aussi de moines appartenant à la communauté de Gotama, se dirigeaient vers Jetavana. Quand ils arrivèrent, il faisait nuit ; mais il y régnait un va-et-vient continuel de gens qui discouraient, s'appelaient, demandaient à être hébergés et l'obtenaient. Nos deux Samanas, habitués à vivre dans la forêt, eurent vite fait de trouver un endroit où ils s'installèrent sans bruit et dormirent jusqu'au matin.

Au lever du soleil ils furent tout étonnés de voir la grande foule des croyants et des curieux qui avaient passé la nuit ici. Dans toutes les allées du magnifique bosquet se promenaient des moines en habits jaunes ; il y en avait assis, par-ci, par-là, sous les arbres, plongés dans la méditation ou dans de doctes entretiens ; ces jardins ombreux ressemblaient à une cité ; ils étaient pleins de gens remuant comme les abeilles dans une ruche. La plupart des moines se dirigeaient vers la ville avec leur sébile, afin d'y recueillir la nourriture pour leur repas de midi, le seul de la journée. Bouddha lui-même, l'Eclairé, avait coutume d'aller mendier le matin.

Siddhartha le vit, et il le reconnut aussitôt, comme si un dieu le lui eût désigné. C'était un homme simple, vêtu du froc jaune ; il tenait une sébile à la main et marchait en silence.

« Regarde, dit Siddhartha tout bas à Govinda, voici le Bouddha. » Govinda considéra attentivement ce moine habillé de jaune, qui semblait ne se distinguer en rien des centaines d'autres moines. Et Govinda le reconnut aussi : « C'est celui-ci », dit-il, et ils le suivirent en l'examinant.

Le Bouddha, abîmé dans ses pensées, poursuivait sa route d'un air modeste ; son visage placide ne montrait ni joie ni tristesse ; il semblait sourire à son âme. Avec ce sourire imperceptible et calme Bouddha avait quelque chose d'un enfant. Il allait, vêtu comme tous ses moines, posant, exactement comme eux, le pied d'après la règle. Mais son visage et sa démarche, son regard tranquillement baissé, ses mains tranquillement pendantes et chacun des doigts au bout de ces mains, disaient la paix, disaient la perfection ; ils ne cherchaient pas dans le vide, ne mimaient pas, ils étaient toute douceur dans cette inaltérable sérénité, dans cette inaltérable clarté, dans cette inviolable paix.

C'est ainsi que Gotama se dirigeait vers la ville pour y recueillir des aumônes et que les deux Samanas le reconnurent uniquement au calme de sa personne, où il n'y avait rien de recherché, de voulu, d'imité, où l'on ne découvrait pas la moindre affectation, mais où tout était lumière et paix.

« Nous entendrons aujourd'hui doctrine de sa bouche », dit Govinda.

Siddhartha ne répondit pas. Il avait peu de curiosité pour une doctrine qui, croyait-il, ne lui apprendrait pas grand-chose ; ne savait-il pas du reste, comme Govinda, le contenu de celle de Bouddha, bien que par des rapports de deuxième ou de troisième main ? Mais il considérait avec attention la tête de Gotama, ses épaules, ses pieds, cette main qui pendait, tranquille, et dont il lui semblait que chacune des phalanges des doigts contenait un enseignement, qu'elle disait la vérité, la respirait, l'exhalait comme une odeur, la reflétait comme un miroir. Cet homme, ce Bouddha était, jusque dans les mouvements de son petit doigt, la sérénité même. Cet homme était un saint. Jamais Siddhartha n'avait éprouvé pour un mortel un tel sentiment de vénération. Jamais il n'avait ressenti tant d'amour pour un homme.

Tous les deux suivirent le Bouddha jusqu'à la ville et s'en retournèrent en silence, car ils avaient l'intention de passer cette journée sans prendre d'aliments. Ils virent Gotama revenir, ils le virent au milieu de ses disciples prendre son repas, un repas qui n'eût point rassasié un oiseau, et ils le virent encore se retirer à l'ombre des manguiers.

Mais quand, vers le soir, la chaleur eut diminué et que la vie eut repris dans le camp, ils assistèrent à la leçon du Bouddha. Ils entendirent sa voix. Elle aussi était parfaite, elle aussi exprimait le calme et la paix dans leur plénitude. Gotama enseignait la doctrine de la souffrance, ses origines et la voie à suivre pour la supprimer. Ses paroles paisibles coulaient comme une eau tranquille et claire. Souffrir c'était vivre, le monde était plein de souffrances, mais le moyen de s'en délivrer existait et celui-là le trouvait qui suivait la route de Bouddha. Il parlait, le Sublime, d'une voix douce, mais ferme ; il enseignait les quatre principaux articles, les huit bons sentiers ; patiemment, il parcourait les étapes habituelles d'un enseignement, les exemples, les répétitions ; claire et tranquille, sa voix planait au-dessus des auditeurs, comme une lumière, comme un ciel étoilé.

Quand le Bouddha eut terminé son cours, la nuit était déjà venue. Maints pèlerins désireux d'embrasser sa doctrine s'avancèrent et demandèrent à entrer dans sa communauté. Et Gotama les accueillait en disant : « Vous avez bien entendu la doctrine, telle qu'elle est annoncée. Acceptez-la donc et parcourez le monde en saints hommes pour mettre un terme à la souffrance. » Et voilà que Govinda, lui, si timide, s'avança aussi et dit : « Moi aussi, je viens chercher un refuge auprès du Sublime et dans sa doctrine. » Il demanda à être du nombre de ses disciples et il fut admis.

Aussitôt après, quand le Bouddha s'en fut allé se reposer, Govinda s'adressant à Siddhartha lui dit avec chaleur : « Siddhartha, rien ne m'autorise à te faire un reproche. Tous les deux nous avons entendu le Sublime, tous les deux nous avons écouté sa doctrine. Govinda a entendu la doctrine et il s'est réfugié en elle. Mais toi, ami vénéré, ne veux-tu pas entrer aussi dans le sentier de la délivrance ? Hésites-tu, veux-tu attendre encore ? »

Siddhartha sembla s'éveiller en entendant les paroles de Govinda. Longtemps, il regarda Govinda en face, puis il dit tout bas, d'une voix où il n'y avait point de raillerie : « Govinda, mon ami, maintenant tu as fait le pas décisif, maintenant tu as choisi ta route. Tu fus toujours mon ami, ô Govinda, toujours tu marchas un pas derrière moi. Et souvent je pensais : "Est-ce que Govinda ne fera pas une fois un pas tout seul, sans moi, du propre mouvement de son âme ?" Et voilà que maintenant tu deviens un homme, et que tu choisis toi-même ta voie. Puisses-tu la suivre jusqu'au bout, ô mon ami ! Puisses-tu trouver la délivrance ! » Govinda, qui ne saisissait pas entièrement le sens de ces paroles, répéta sa question d'un ton d'impatience : « Mais parle donc, mon cher, je t'en prie ! Dis-moi donc, comme il ne peut en être autrement, que toi aussi, mon docte ami, tu vas embrasser la doctrine du Sublime ! »

Siddhartha posa la main sur l'épaule de Govinda : « Tu n'as pas entendu le vœu que je faisais pour toi, ô Govinda ! Je te le répète : Puisses-tu suivre ce chemin jusqu'au bout ! Puisses-tu trouver la délivrance ! »

A cet instant Govinda s'aperçut que son ami s'était déjà éloigné de lui et il se mit à verser des larmes.

« Siddhartha ! » s'écria-t-il en gémissant.

Siddhartha lui parla amicalement. « N'oublie pas que dorénavant tu fais partie des Samanas de Bouddha ! Tu as renoncé à ta patrie, tu as renoncé au gain et à la propriété ; tu as renoncé à ta propre volonté, tu as renoncé à l'amitié. La doctrine le veut ainsi. Demain, ô Govinda, je te quitterai. »

Longtemps encore les deux amis se promenèrent dans le bois, longtemps ils demeurèrent couchés sans trouver le sommeil. Et à chaque instant Govinda insistait auprès de son ami, afin que celui-ci dît pourquoi il ne voulait pas embrasser la doctrine de Gotama et ce qu'il pouvait bien lui reprocher. Mais Siddhartha s'y refusait chaque fois en lui disant : « Calme-toi, Govinda, la doctrine du Sublime est très bonne, que pourrais-je y trouver à redire ? »

A la pointe du jour un disciple de Bouddha, un de ses moines les plus âgés, traversa le jardin en appelant les néophytes pour les revêtir du froc jaune et les instruire dans les premiers préceptes et devoirs de leur nouvel état.

Govinda se fit violence, embrassa encore une fois son ami d'enfance et se joignit au cortège des moines.

Siddhartha de son côté erra dans le bois, absorbé par ses pensées. Il rencontra Gotama, le Sublime, le salua avec respect et comme le regard du Bouddha était plein de bonté et de mansuétude, le jeune homme se sentit plus courageux et demanda au Vénérable la permission de lui adresser la parole. Celui-ci acquiesça silencieusement.

Siddhartha dit : « Hier, ô Sublime, il me fut donné d'entendre ta merveilleuse doctrine. C'est aussi pour cela que je suis venu de loin avec mon ami. Maintenant mon ami va rester auprès des tiens ; il s'est réfugié en toi. Quant à moi, je vais reprendre mon bâton de pèlerin.

— Comme il te plaira, dit poliment le Vénérable.

— Mon langage est sans doute trop audacieux, poursuivit Siddhartha, mais je ne voudrais pas m'éloigner du Sublime sans lui avoir exprimé mes pensées en toute sincérité. Le Vénérable consentirait-il à m'entendre encore un instant ? »

Le Bouddha silencieux fit un signe d'acquiescement. Siddhartha lui dit alors : « Il y a une chose, surtout, ô Vénérable, que j'ai admirée dans ta doctrine. Tout, en elle, est parfaitement clair, parfaitement démontré ; tu représentes le monde sous la forme d'une chaîne parfaite, que rien n'interrompt en aucun endroit, une chaîne infinie faite de causes et d'effets. Jamais on ne vit rien de plus clair, jamais rien ne fut exposé de façon aussi irréfutable ; certes tous les brahmanes doivent sentir leur cœur tressaillir de joie, en considérant le monde à travers ta doctrine, ce monde qui forme un tout parfait, sans la moindre lacune, qui est clair comme du cristal, qui n'est à la merci ni du hasard, ni des dieux. Est-il bon ? Est-il mauvais ? La vie y est-elle une souffrance ou une joie ? peu importe ; il se peut que ce ne soit point là l'essentiel... mais l'unité du monde, l'enchaînement de tout ce qui s'y passe, le fait que toutes choses, les grandes et les petites, sont comprises dans le même courant, dans la même loi des causes, du "devenir" et du "mourir", tout cela ressort avec une clarté lumineuse de ta sublime doctrine, Homme parfait ! Mais d'après ta doctrine même, cette unité et cette suite logique de toutes les choses se trouvent pourtant interrompues en un point, et, par cette petite brèche, pénètre dans ce monde qui doit être toute unité, quelque chose d'étrange, quelque chose de nouveau et qui n'existait pas auparavant et qui ne peut être montré ni démontré : c'est ton enseignement de la manière de vaincre le monde, de s'en délivrer. Mais cette petite lacune, cette petite brèche, suffit pour que toute cette infinie unité de lois de l'univers soit détruite et remise en question. Tu voudras bien me pardonner de t'avoir fait cette objection. »

Immobile, impassible, Gotama l'avait écouté. Maintenant, il parlait, l'Homme parfait, de sa bonne voix polie et claire : « Tu as entendu la doctrine, ô fils de brahmane, et tant mieux pour toi d'y avoir réfléchi si profondément. Tu y as trouvé une lacune, un défaut. Réfléchis-y encore davantage. Mais dans ton avidité de savoir prends bien garde à l'épais fourré des opinions et à la dispute sur des mots. Les opinions ici importent peu, elles peuvent être belles ou vilaines, prudentes ou folles, tout le monde peut les épouser et les réprouver. Mais la doctrine que tu m'as entendu professer n'est pas une opinion et son but n'est pas d'expliquer le monde aux avides de savoir. Son but est tout autre : son but est d'affranchir l'homme de la souffrance. Voilà ce que Gotama enseigne et pas autre chose.

— Ne m'en veuille pas, ô Sublime, dit le jeune homme, ce n'est point pour discuter avec toi, ce n'est point pour provoquer une dispute sur des mots que je t'ai parlé ainsi. Tu as bien raison de dire que les opinions importent peu. Mais permets-moi d'ajouter encore ceci : pas un instant, je n'ai douté de toi ; pas un instant, je n'ai douté que tu fusses Bouddha, que tu aies atteint le but que tant de milliers de brahmanes cherchent encore à atteindre. Tu as réussi à t'affranchir de la mort. Cette délivrance est le fruit de tes propres recherches sur ta propre route ; tu l'as obtenue par tes pensées, par la méditation, par la connaissance, par l'illumination. Ce n'est pas par la doctrine que tu l'as eue ! Et voilà ma pensée, ô Sublime : personne n'arrivera à cet affranchissement au moyen d'une doctrine. A personne, ô Vénérable ! tu ne pourras traduire par des mots et par une doctrine ce qui t'est arrivé au moment de ton illumination. Elle contient bien des choses, la doctrine du grand Bouddha, elle enseigne bien des choses : vivre honnêtement, éviter le mal. Mais il est une chose que cette doctrine si claire, si respectable, ne contient pas : c'est le secret de ce que le Sublime lui-même a vécu, lui seul, parmi des centaines de milliers d'êtres humains ! Voilà ce que j'ai pensé et discerné en écoutant ta doctrine. Et c'est aussi pour cette raison que je vais continuer mes pérégrinations... non pas pour chercher une autre doctrine, une doctrine meilleure, car je sais qu'il n'y en a point ; mais pour m'éloigner de toutes les doctrines et de tous les maîtres et, seul, atteindre mon but ou mourir. Mais souvent, ô Sublime, souvent, je penserai à ce jour, à cette heure, où il fut donné à mes yeux de contempler un saint. »

Le regard calme de Bouddha se fixa sur le sol, tandis que son visage impénétrable brillait d'une impassible et parfaite sérénité...

« Puissent tes pensées, dit lentement le Vénérable, n'être point des erreurs ! Puisses-tu arriver au but ! Mais dis-moi : as-tu vu la foule de mes Samanas, de tous mes frères, qui sont venus chercher asile dans ma doctrine ? Et crois-tu, Samana étranger, crois-tu qu'ils se trouveraient mieux d'abandonner cette doctrine pour retourner à la vie et aux plaisirs du monde ?

— Loin de moi une telle pensée, s'écria Siddhartha, qu'ils demeurent tous fidèles à ta doctrine et atteignent leur but ! Je ne me reconnais pas le droit de porter un jugement sur la vie d'un autre. Je n'ai d'opinion que sur moi-même et sur moi seul, c'est à moi de me juger, à moi de faire un choix, à moi de refuser. Ce que nous cherchons, nous autres Samanas, ô Sublime, c'est la délivrance. Si j'étais un de tes disciples, Homme vénérable, il pourrait se faire — et c'est ce que je craindrais — que mon moi ne trouvât qu'en apparence le repos et la délivrance, tandis qu'en réalité il continuerait à vivre et à grandir ; car alors ce serait ta doctrine, ce serait mes adeptes, mon amour pour toi, l'existence commune avec les moines qui seraient devenus mon moi. »

Gotama souriant à demi fixa sur le jeune étranger son regard immuablement clair et plein d'amitié, puis le congédia d'un geste imperceptible en disant :

« Tu es intelligent, ô Sarnana, tu fais preuve d'une grande prudence et de beaucoup de science dans tes discours, mon ami, mais garde-toi bien d'exagérer ! »

Le Bouddha s'éloigna et son regard avec son demi-sourire se gravèrent pour toujours dans la mémoire de Siddhartha.

« Chez aucun homme, pensa-t-il, je n'ai rencontré ce regard, ce sourire, cette façon de s'asseoir et de marcher. Que ne puis-je aussi regarder, sourire, m'asseoir et marcher comme lui et cela avec tant de naturel, de dignité, de modestie, de franchise, de naïveté et de mystère. Vraiment, seul l'homme qui a réussi à pénétrer dans l'intérieur de son être peut avoir ce regard et cette démarche. Eh bien, moi aussi, j'essaierai de pénétrer dans le mien. »

Siddhartha pensa encore : « C'est le seul homme devant lequel j'aie dû baisser les yeux. Mais désormais, je ne les baisserai plus devant personne. Aucune doctrine ne me séduira plus, puisque la doctrine de cet homme ne m'a pas séduit. Le Bouddha m'a pris beaucoup, hélas ! il m'a pris beaucoup, mais il m'a encore donné plus qu'il ne m'a pris. Il m'a enlevé mon ami, lui qui croyait à moi et qui maintenant croit à lui ; lui qui était mon ombre et qui maintenant est devenu celle de Gotama. Mais il m'a donné à Siddhartha, à moi-même. »

LE RÉVEIL

En quittant le bois, où il laissait Gotama, l'Etre accompli, et Govinda, il s'aperçut qu'il laissait aussi dans ce bois toute sa vie passée. Ce sentiment qui l'emplissait tout entier occupait sa pensée pendant qu'il cheminait à pas lents. Il réfléchissait profondément. Il s'enfonçait dans ce sentiment, comme on s'enfonce dans l'eau, jusqu'à ce qu'il en touchât le fond ; c'est-à-dire jusqu'à ce qu'il en démêlât les causes, car c'est en cela, lui semblait-il, que consiste le véritable penser. Par ce moyen seul les sentiments deviennent science et, au lieu de se dissiper, prennent une forme et font rayonner ce qui est en eux.

Pendant sa marche lente, Siddhartha réfléchissait. Il constata qu'il n'était plus un jeune homme, mais qu'il était devenu un homme. Il constata encore qu'une chose s'était détachée de lui, comme la peau se détache du serpent, qu'une chose n'existait plus en lui, qui l'avait accompagné, durant sa jeunesse, qui lui avait appartenu : c'était le désir d'avoir des maîtres et d'écouter leurs préceptes. Le dernier maître qui était apparu sur sa route, le plus grand et le plus sage des maîtres, le plus saint, Bouddha, il avait dû le quitter, se séparer de lui ; il n'avait pu accepter sa doctrine. Abîmé dans ses pensées, il marchait lentement en se demandant : « Qu'est-ce donc que tu aurais voulu apprendre à l'aide des doctrines et des maîtres, qu'eux-mêmes, qui t'ont beaucoup appris, ne pouvaient cependant pas t'enseigner ? » Et il trouva cette réponse : « C'était le moi dont je voulais savoir le sens et l'essence. C'était le moi dont je voulais me défaire, que je voulais anéantir. Mais je ne l'ai pu. J'ai pu le tromper seulement, le fuir, je n'ai pu que me dissimuler à lui. Ah ! vraiment, rien au monde n'a tant occupé mes pensées que mon moi, rien, autant que cette énigme que je vis, que je suis un, séparé de tous les autres, isolé, en un mot que je suis Siddhartha. Et il n'est pas une chose au monde que je connaisse si peu que moi-même, que Siddhartha ! »

Tout rempli de cette pensée, le voyageur, qui avançait lentement, s'arrêta tout à fait. Bientôt de cette pensée en jaillit une autre :

« Que je ne sache rien de moi-même, que Siddhartha soit demeuré si étranger et inconnu à lui-même, cela provient d'une cause, d'une cause unique : Je me faisais peur à moi-même, je me fuyais moi-même ! Je cherchais Atman, Brahma. J'étais prêt à disséquer mon moi, à lui arracher chacune de ses pelures, pour découvrir tout au fond le noyau qu'elles recouvraient, l'Atman, la vie, le divin, le dernier. Mais au lieu de cela, c'est moi qui me suis perdu à moi-même. » Siddhartha leva les yeux et regarda autour de lui ; un sourire éclaira son visage et, dans tout son être, il eut la sensation d'un homme que le réveil arrache brusquement à ses rêves. Peu après, il se remit en marche, rapidement, comme quelqu'un qui sait ce qu'il va faire.

« Oh ! pensa-t-il, en respirant à pleins poumons, maintenant, je ne laisserai plus échapper mon Siddhartha ! Je ne me remettrai plus, pour penser, et même pour vivre, à chercher l'Atman et à m'inquiéter des souffrances du monde. Je ne vais plus me torturer l'esprit et le corps pour découvrir un secret derrière des ruines. Pas plus Yega-Veda que Artharva-Veda, ni les ascètes, ni une doctrine quelconque ne m'enseigneront rien désormais ; c'est de moi seul que j'apprendrai, que je serai l'élève, c'est par moi que je saurai le mystère qu'est Siddhartha ».

Il regarda autour de lui, comme s'il voyait le monde pour la première fois. Il était beau le monde ! Il était varié, étrange, énigmatique : là du bleu, ici du jaune, là-bas du vert ; des nuages glissaient dans le ciel, et le fleuve sur la terre, la forêt se hérissait et les montagnes ; tout était beau, tout était plein de mystères et d'enchantement, et au milieu de tout cela, lui, Siddhartha, réveillé, en route vers lui-même.

Toutes ces choses, une à une, ce jaune, ce bleu, ce fleuve, cette forêt, pénétraient en lui par ses yeux, pour la première fois ; ce n'était plus le charme de Maras, ce n'était plus le voile de la Maya [1], ce n'était plus la diversité accidentelle et dénuée de sens du monde phénoménal, indigne de la profonde pensée du brahmane, qui le dédaigne et n'en recherche que l'unité. Pour lui, maintenant, le bleu était le bleu, le fleuve était le fleuve, et bien que dans ce bleu et dans ce fleuve l'idée d'unité et de divinité vécût encore cachée dans l'âme de Siddhartha, il n'entrait pas moins dans le caractère du divin, d'être jaune ici, bleu là-bas, d'être ciel, d'être forêt, comme il était lui, Siddhartha, en ce lieu. Le *sens* et l'*être* n'étaient point quelque part derrière les choses, mais en elles, en tout.

« Que j'ai été sourd et borné ! pensait-il en allongeant le pas ; quand on lit une écriture dont on veut comprendre le sens, on n'en dédaigne point les signes et les lettres, on ne voit point en eux un leurre, un effet du hasard, une vulgaire enveloppe ; mais on les lit, on les étudie lettre par lettre, on les aime. Moi, au contraire, qui voulais lire dans le livre du monde et dans le livre de mon propre être, j'ai, par amour pour un sens que je leur donnais d'avance, méprisé les signes et les lettres ; ce que je voyais des phéno-

1. *Maya, Maja* ou *Mâyâ* Devi. « Déesse, reine, illusion. » Dans la langue brahmanique, matière impérissable et préexistante à tout, infiniment subtile, qui sert aux dieux à créer des formes apparentes, sans réalité, trompeuses. Par suite c'est l'illusion, la magie, l'enchantement. (*N. d. T.*)

mènes de l'univers, je l'appelais illusion, et ma vue et mes autres sens, des phénomènes accidentels et insignifiants. Non, cela n'est plus, je suis réveillé, je le suis entièrement et d'aujourd'hui date ma naissance. »

Tandis que Siddhartha réfléchissait ainsi, il s'arrêta soudain, comme si un serpent se fût trouvé sur sa route. Une chose lui apparaissait tout à coup : puisqu'en effet, il était un autre homme, il lui fallait donc commencer une vie toute nouvelle. Et quand, le matin de ce même jour, il s'était éloigné du bois de Jetavana, de ce bois où il avait laissé le Sublime, il lui avait paru tout naturel, déjà proche de son réveil et en quête de soi-même, après ses années d'ascétisme, de retourner dans son pays, auprès de son père. Mais maintenant, à l'instant même où il venait de s'arrêter comme s'il avait vu un serpent sur sa route, une autre opinion s'imposait tout à coup à son esprit en éveil : « Je ne suis plus ce que j'étais, je ne suis plus ascète, je ne suis plus prêtre, je ne suis plus brahmane. Que ferais-je donc chez moi, auprès de mon père ? Etudier ? Sacrifier ? Me livrer à la méditation ? Tout cela est fini et ne se retrouvera plus sur ma route. »

Immobile, Siddhartha restait là, debout, et un instant, à peine la durée d'une aspiration, il eut froid au cœur ; il sentit quelque chose se glacer dans sa poitrine, comme un petit animal frileux, oiseau ou lièvre, quand il vit à quel point il était seul. Pendant des années, il avait été sans foyer et il ne s'en était pas aperçu. Maintenant, il le sentait. Même dans les moments de la plus lointaine abstraction, il avait toujours senti la présence de son père, il avait été brahmane, c'est-à-dire un homme du clergé, un homme considéré. Maintenant, il n'était plus que Siddhartha, le réveillé, rien de plus. Il aspira l'air de toutes ses forces et un instant il eut froid et frissonna. Personne n'était aussi seul que lui. Il n'y avait pas un noble qui n'eût quelques attaches avec un autre noble, pas un ouvrier qui ne connût d'autres ouvriers, à qui il pût recourir, dont il pût partager l'existence, parler la langue. Il n'était pas un brahmane, qui, comme tel, ne comptât parmi les brahmanes et ne vécût avec eux, pas un ascète qui ne trouvât un refuge auprès des Samanas, et même l'ermite le plus solitaire de la forêt n'était pas seul, quoique isolé, car lui aussi il appartenait à quelque chose, il avait son état qui le rattachait à l'humanité. Govinda s'était fait moine et avait pour frères des milliers d'autres moines qui portaient le même habit, avaient les mêmes croyances, parlaient la même langue. Mais lui, Siddhartha, à qui, à quoi appartenait-il ? De quoi partagerait-il l'existence ? De qui parlerait-il la langue ? Dans cette minute où le monde qui l'entourait fondait dans le néant, où lui-même était là, perdu comme une étoile dans le ciel, en cet instant où son cœur se glaçait et où son courage tombait, Siddhartha se raidit, se redressa plus fort, plus que jamais en possession de son moi. Il comprit que ce qu'il venait d'éprouver, c'était le dernier frisson du réveil, le dernier spasme de la naissance. Alors, il se remit en marche, rapidement, avec l'impatience d'un homme pressé d'arriver, où ? il ne savait, mais ce n'était pas chez lui, ni chez son père.

DEUXIÈME PARTIE

KAMALA

A chaque pas qu'il faisait sur la route, Siddhartha apprenait quelque chose de nouveau, car le monde pour lui était transformé et son cœur transporté d'enchantement. Il vit le soleil se lever au-dessus des montagnes boisées et se coucher derrière les lointains palmiers de la rive ; il vit, la nuit, les étoiles, leur belle ordonnance dans le ciel et le croissant de la lune, tel un bateau flottant dans l'azur. Il vit des arbres, des astres, des animaux, des nuages, des arcs-en-ciel, des rochers, des plantes, des fleurs, des ruisseaux et des rivières, les scintillements de la rosée le matin sur les buissons, de hautes montagnes d'un bleu pâle, au fond de l'horizon, des oiseaux qui chantaient, des abeilles, des rizières argentées qui ondulaient sous le souffle du vent. Toutes ces choses et mille autres encore, aux couleurs les plus diverses, elles avaient toujours existé, le soleil et la lune avaient toujours brillé, les rivières avaient toujours fait entendre leur bruissement et les abeilles leur bourdonnement ; mais tout cela, Siddhartha ne l'avait vu autrefois qu'à travers un voile menteur et éphémère qu'il considérait avec défiance et que sa raison devait écarter et détruire, puisque la réalité n'était point là, mais au-delà des choses visibles. Maintenant ses yeux désabusés s'arrêtaient en deçà de ces choses, ils les voyaient telles qu'elles étaient, se familiarisaient avec elles, sans s'inquiéter de leur essence et de ce qu'elles cachaient, il tâchait de découvrir le petit point de ce monde où il arrêterait ses pas. Qu'il était beau le monde pour qui le contemplait ainsi, naïvement, simplement, sans autre pensée que d'en jouir ! Que la lune et le firmament étaient beaux ! Qu'ils étaient beaux aussi les ruisseaux et leurs bords ! Et la forêt, et les chèvres et les scarabées d'or, et les fleurs et les papillons ! Comme il faisait bon de marcher ainsi, libre, dispos, sans souci, l'âme confiante et ouverte à toutes les impressions. Le soleil qui lui brûlait la tête était tout autre, tout autres aussi la fraîcheur de l'ombre dans les bois, l'eau du ruisseau et celle de la citerne, le goût des calebasses et des bananes. Les jours et les nuits passaient sans qu'il s'en aperçût ; les heures fuyaient comme la voile du bateau sur les ondes et chacune d'elles lui apportait des trésors de joie. Siddhartha vit passer une troupe de singes dans la voûte verte de la forêt, sur les plus hautes branches, et il prêta l'oreille à leurs cris sauvages. Il vit un bouc poursuivre une brebis et la couvrir. Il vit, dans les joncs d'un étang, le brochet affamé se livrer à sa chasse du soir et, devant lui, une multitude de petits poissons affolés fuir sur l'eau, brillants et scintillants ; les rapides tourbillons que la bête de proie traçait dans l'eau donnaient une impression de force et de fureur irrésistibles.

Rien de tout cela n'était nouveau ; mais il ne l'avait jamais vu ; sa pensée l'en avait toujours tenu éloigné. Maintenant, il était auprès de ces choses, il en faisait partie. La lumière et les ombres avaient trouvé le chemin de ses yeux, la lune et les étoiles celui de son âme.

En route, Siddhartha se remémorait tout ce qui lui était arrivé dans le jardin de Jeta, la doctrine qu'il y avait entendue, le divin Bouddha, les adieux de Govinda, son entretien avec le Sublime. Il se souvenait des paroles mêmes qu'il avait dites au Sublime ; chacune d'elles lui revenait à l'esprit et il était tout étonné de s'apercevoir qu'il avait dit des choses que lui-même, à ce moment, ne savait pas. Il avait dit à

Gotama que le vrai trésor et le secret de la puissance de Bouddha n'étaient pas sa doctrine même, mais cette chose inexprimable que n'enseignait aucune doctrine et qu'il avait vécue à l'heure de son illumination. Et c'était justement pour la vivre lui aussi — et il avait déjà commencé — qu'il était parti. Depuis longtemps il savait que son moi et Atman ne faisaient qu'un, qu'ils étaient de la même essence éternelle que Brahma. Mais jamais il ne l'avait vraiment trouvé, ce moi, parce qu'il avait toujours essayé de le saisir dans les mailles de la pensée. S'il était évident que le corps n'était pas le moi, qu'il n'était pas davantage le jouet des sens, la pensée ne l'était pas non plus, ni la raison, ni les connaissances acquises, ni l'art appris de tirer des conclusions et de forger de nouvelles pensées avec les anciennes. Non ! ce domaine de l'esprit appartenait aussi à l'« en deçà », et détruire le moi accidentel des sens ne menait à rien si, en revanche, on continuait à nourrir grassement le moi accidentel des pensées et des connaissances. Les pensées et les sens étaient certes de belles choses ; — le dernier des sens ne se cachait-il pas derrière eux ? — c'étaient eux qu'il s'agissait d'entendre, avec eux qu'il fallait jouer sans en faire trop ou trop peu de cas, c'était par eux qu'il fallait essayer de surprendre la voix secrète de l'intérieur. Il n'aspirerait à rien qu'à ce que cette voix lui ordonnerait, il ne se fixerait à rien qu'à ce qu'elle lui conseillerait. Pourquoi, un jour, à cette heure qui résume toutes les heures, Gotama s'était-il assis sous l'arbre où l'illumination vint en lui ? Il avait entendu une voix, une voix dans son propre cœur, qui lui ordonnait d'aller se reposer là, sous cet arbre, et il n'avait point recouru aux mortifications, ni aux sacrifices, ni aux bains, ni à la prière, ni aux jeûnes, ni au sommeil, ni au rêve ; il avait obéi à la voix. Obéir ainsi non à un ordre extérieur, mais seulement à une voix, être prêt, voilà ce qui importait, le reste n'était rien.

Une nuit qu'il dormait auprès du fleuve, dans la hutte de paille d'un batelier, Siddhartha fit un songe :

il vit Govinda, debout devant lui, dans le vêtement jaune des ascètes. Govinda était triste et, d'une voix triste, il lui dit : « Pourquoi m'as-tu quitté ? » Alors, il embrassa Govinda, il le serra dans ses bras ; mais, tandis qu'il l'attirait à sa poitrine et l'embrassait, il s'aperçut que ce n'était plus Govinda, mais une femme ; et du vêtement de cette femme s'échappait un sein auquel Siddhartha s'appuyait et se désaltérait ; et le lait de ce sein était doux et fort. Dans ce goût, il y avait quelque chose de l'homme et de la femme, du soleil et de la forêt, de la bête et de la fleur, des fruits et du plaisir. Il enivrait et rendait inconscient.

Quand Siddhartha s'éveilla, les eaux pâles du fleuve jetaient leurs faibles lueurs par la porte de la cabane et dans la forêt résonnait, profond et distinct, le cri sombre de la chouette.

Au point du jour, Siddhartha demanda à son hôte, le batelier, de le passer sur l'autre rive, sur un radeau de bambou, à la clarté de l'aube qui donnait aux ondes larges une teinte rougeâtre.

« C'est un beau fleuve, dit-il à son compagnon.

— Oui, répondit le batelier, un très beau fleuve, et je l'aime par-dessus tout. Souvent je l'ai écouté, souvent j'ai lu dans ses eaux, et toujours il m'a enseigné quelque chose. Il y a beaucoup de choses qu'une rivière peut vous enseigner.

— Je te remercie, mon bienfaiteur, lui dit Siddhartha, en mettant le pied sur l'autre rive. Je ne puis t'offrir pour ton hospitalité aucun cadeau, mon ami, ni aucun salaire. Je n'ai ni patrie, ni foyer, je suis le fils d'un brahmane, un Samana.

— Je l'ai bien vu, dit le batelier, et je n'ai attendu de toi ni cadeau, ni salaire. Le cadeau, tu me le feras une autre fois.

— Crois-tu ? demanda Siddhartha en riant.

— Certainement. Le fleuve me l'a dit : tout revient ! Et toi aussi, Samana, tu reviendras. Pour le moment, bon voyage ! Que ton amitié soit mon salaire ! Souviens-toi de moi, quand tu sacrifieras aux dieux. »

Ils se séparèrent en souriant. Siddhartha était heureux de l'amitié et de la bonté du batelier et il souriait : « Il est comme Govinda, pensa-t-il ; tous ceux que je rencontre sur ma route sont comme Govinda. Tous auraient droit à des remerciements et tous, au contraire, me témoignent de la gratitude. Tous se montrent serviles, tous ne demandent qu'à être votre ami, à obéir ; peu réfléchissent. Les hommes sont des enfants. »

Vers midi, il traversa un village. Sur le chemin, devant les cabanes, quelques enfants se roulaient dans la poussière, d'autres jouaient avec des pépins de citrouilles et des coquillages, poussaient des cris et se battaient : mais, à la vue du Samana étranger, tous s'enfuirent, effarouchés. Au bout du village, le chemin conduisait à un ruisseau, au bord duquel une jeune femme agenouillée lavait des vêtements.

Comme Siddhartha la saluait, elle leva la tête et le regarda avec un sourire, de telle façon qu'il vit briller le blanc de ses yeux. Il appela sur elle la bénédiction du Ciel comme c'est l'usage entre voyageurs et lui demanda s'il y avait encore loin d'ici à la grande ville. Alors, elle se leva et s'avança vers lui. Sa jolie bouche humide brillait dans son jeune visage. Elle échangea quelques plaisanteries avec lui, demanda s'il avait déjà mangé et s'il était vrai que les Samanas couchaient seuls, la nuit, dans la forêt et qu'il leur était défendu d'avoir des femmes auprès d'eux. Et, ce disant, elle mit son pied gauche sur le pied droit du jeune homme en prenant l'attitude provocante d'une femme qui veut inviter l'homme à ce jeu d'amour que l'on appelle dans les livres : « Grimper à l'arbre. » Siddhartha sentit son sang s'échauffer ; à cet instant son rêve lui revint à l'esprit, il se pencha un peu vers la femme et mit un baiser sur la pointe brune de son sein. Quand il la regarda, il vit sa figure languissante qui lui souriait, et dans ses yeux mi-clos il lut le désir qui la consumait. Siddhartha éprouvait, lui aussi, le même désir et sentait tressaillir toutes les fibres de son être ; mais, n'ayant encore jamais approché une femme, il eut une seconde d'hésitation, alors que d'instinct il s'apprêtait déjà à la prendre dans ses bras. Mais dans cette seconde, il entendit, frissonnant, la voix qui disait en lui : Non ! Aussitôt tout attrait s'effaça du visage souriant de la jeune femme et il n'y vit plus que les regards humides d'une femelle en rut. Il lui caressa doucement la joue, se détourna d'elle et disparut d'un pas agile dans le bois de bambous, la laissant là, toute frémissante et désappointée.

Le jour même, avant la nuit, il arrivait dans une grande ville et il en était heureux, car il éprouvait le besoin de voir d'autres hommes. Il avait vécu assez longtemps dans les bois, et la hutte de paille du batelier où il avait dormi la nuit précédente était le premier toit sous lequel, depuis des années, il avait reposé.

Devant la ville, le voyageur rencontra, à proximité d'un petit bois entouré d'une clôture, une troupe de serviteurs et de servantes chargés de corbeilles. Au milieu d'eux, dans un palanquin à quatre porteurs, était assise, sur des coussins rouges et à l'ombre d'un dais multicolore, une femme, la maîtresse. A l'entrée du bosquet, Siddhartha s'arrêta pour regarder le cortège. Il vit les serviteurs, les servantes, les corbeilles, il vit le palanquin et, dans le palanquin, la dame. Sous des cheveux noirs, relevés très haut, il vit une figure claire, très fine, très intelligente, une bouche d'un rouge clair comme une figue fraîchement ouverte, des sourcils soigneusement peints en courbe élevée, des yeux noirs intelligents et en éveil, un col long et brillant qui s'échappait d'un corsage vert et or, des mains immobiles, longues et étroites, avec de larges bracelets d'or aux poignets.

Siddhartha vit combien elle était belle et son cœur en tressaillit de joie. Quand le palanquin fut tout proche, il s'inclina profondément et en se redressant fixa ses regards sur le visage doux et clair, lut un instant dans les yeux intelligents que surmontaient les deux hauts sourcils, aspira une bouffée d'un parfum qu'il ne connaissait pas. La belle femme fit, en souriant, un signe de tête imperceptible et disparut dans le bosquet, ses serviteurs derrière elle.

Allons ! pensa Siddhartha, voilà que je fais mon entrée dans cette ville sous un bien doux présage. Il eut envie de pénétrer tout de suite dans le bosquet, mais il réfléchit et s'aperçut seulement à cet instant du mépris et de la méfiance avec lesquels serviteurs et servantes le considéraient à la porte du jardin.

Il se dit : « Je suis toujours un Samana, je suis toujours un ascète, un mendiant. Mais je ne resterai pas toujours comme je suis et je n'entrerai pas ainsi dans ce bosquet. » Cette pensée le fit rire. A la première personne qu'il rencontra sur son chemin, il demanda ce que c'était que ce bosquet et le nom de cette dame. Il apprit que c'était le bosquet de Kamala, la célèbre courtisane, et qu'outre ce bosquet elle possédait encore une maison dans la ville.

Il entra alors dans la ville. Maintenant il avait un but et, sans le perdre de vue, il voulut d'abord goûter le charme de la cité, s'en imprégner lentement. Tout l'après-midi, il déambula dans le dédale des ruelles, stationna sur les places, se reposa sur les marches de pierre. Vers le soir, il fit la connaissance d'un aide-barbier qu'il avait vu travailler à l'ombre d'une voûte ; il l'avait retrouvé priant dans le temple de Vishnu et lui avait raconté l'histoire de Vishnu et de Lakschmi. Il passa la nuit sur le bord du fleuve, où il dormit auprès des bateaux et, dès l'aube, avant que les premiers clients ne vinssent dans la boutique du barbier, il se fit raser la barbe et tailler les cheveux, se les fit bien peigner et oindre d'huile fine. Puis, il alla se baigner dans le fleuve.

Lorsque, tard dans l'après-midi, la belle Kamala approcha de son bosquet, dans son palanquin, Siddhartha se tenait à l'entrée ; il s'inclina et reçut le salut de la courtisane. Ensuite, il fit signe au dernier des serviteurs du cortège et le pria de dire à sa maîtresse qu'un jeune Samana désirait lui parler. Le serviteur revint au bout d'un instant et l'engagea à le suivre. Sans mot dire, il l'introduisit dans le pavillon où Kamala était couchée sur un lit de repos et le laissa seul avec elle.

« N'est-ce pas toi, qui, hier déjà, te tenais à l'entrée de mon bois et qui m'a saluée ? demanda-t-elle.

— Oui, c'est bien moi qui t'ai vue hier et t'ai saluée.

— Mais ne portais-tu pas ta barbe, hier, et des cheveux longs, et n'avais-tu pas de la poussière dans les cheveux ?

— Tu l'as bien remarqué, rien ne t'échappe. Tu as vu Siddhartha, le fils du brahmane, qui a quitté son pays pour se faire Samana et qui, en effet, pendant trois années a été Samana. Mais maintenant, j'ai abandonné ce sentier et suis venu dans cette ville et la première femme que j'ai rencontrée avant d'y mettre le pied, c'est toi. Voilà ce que je suis venu te dire, ô Kamala. Tu es la première à qui Siddhartha parle autrement que les yeux baissés. Désormais, je ne baisserai jamais les yeux quand je rencontrerai une belle femme. »

Kamala eut un sourire et se mit à jouer avec son éventail en plumes de paon.

« Et maintenant, demanda-t-elle, c'est seulement pour me dire cela que Siddhartha est venu me trouver ?

— Pour te dire cela, oui, et aussi pour te remercier d'être si belle. Et si tu le veux bien, Kamala, je te prierai d'être mon amie et de m'instruire, car j'ignore encore tout de cet art dans lequel tu excelles. »

A ces mots, Kamala partit d'un éclat de rire.

« C'est bien la première fois, mon ami, qu'un Samana vient de sa forêt chez moi pour me prier de l'instruire ! Il ne m'est jamais arrivé de recevoir un Samana avec ses longs cheveux et ne portant pour tout vêtement qu'un vieux pagne usé. Nombreux sont les jeunes gens qui viennent chez moi, et parmi eux, il y a aussi des fils de brahmane ; mais ils y viennent dans de beaux habits, ils ont de fines chaussures, leurs cheveux sont parfumés et leurs bourses bien garnies. C'est ainsi, mon ami Samana, que sont les jeunes gens que je reçois. »

Siddhartha dit : « Voilà que tu m'as déjà appris quelque chose. Hier, j'avais déjà appris quelque chose aussi. Je me suis déjà défait de ma barbe, je me suis peigné la chevelure et j'y ai mis de l'huile. Ce qui me manque encore, ô femme délicieuse ! c'est peu : de beaux vêtements, de fines chaussures, de l'argent dans une bourse. Sache que Siddhartha a entrepris des choses plus difficiles que celles-ci et qu'il a réussi. Comment ne viendrais-je pas à bout de celles que je me suis proposées hier : être ton ami et apprendre de toi les joies de l'amour ! Tu verras, Kamala, comme je serai docile ; j'ai appris des choses beaucoup plus difficiles que celles que tu m'enseigneras. Donc, pour l'instant, Siddhartha, tel qu'il est, avec ses cheveux huilés, mais sans vêtements, sans chaussures et sans argent, ne te suffit pas ? »

Kamala lui répondit en riant : « Non, mon bon, il ne me suffit pas. Il faut qu'il ait de jolis habits et des souliers, de jolis souliers et dans sa bourse beaucoup d'argent et des cadeaux pour Kamala. Te voilà fixé maintenant, Samana de la forêt. Tu ne l'oublieras pas ?

— Je ne l'oublierai pas, s'écria Siddhartha. Comment pourrais-je oublier les paroles qui sortent d'une bouche comme la tienne ! Ta bouche, Kamala, elle est comme une figue qu'on vient d'ouvrir. Ma bouche est aussi rouge et fraîche et s'accordera bien avec la tienne, tu verras. Mais dis-moi, belle Kamala, n'as-tu pas peur du Samana de la forêt qui est venu pour que tu lui enseignes l'amour ?

— Pourquoi aurais-je peur d'un Samana, d'un stupide Samana de la forêt, qui n'a vécu qu'avec les chacals, et qui ne sait même pas ce que c'est qu'une femme ?

— Oh ! il est fort, le Samana, et il ne craint rien. Il

pourrait te contraindre, belle fille. Il pourrait t'enlever, il pourrait te faire mal.

— Non, Samana, ce n'est pas ce que je crains. Est-ce qu'un Samana ou un brahmane a jamais craint qu'on pût venir l'assaillir pour lui ravir sa science, sa piété, ses pensées profondes ? Non, car elles font partie de lui-même et il n'en donne que ce qu'il veut en donner et à qui il veut en donner. Il en est tout à fait de même de Kamala et des joies de l'amour. Elle est belle et rouge la bouche de Kamala, mais essaie de lui donner un baiser contre sa volonté, et de cette bouche qui sait prodiguer des délices tu ne retireras pas la plus petite douceur ! Tu as envie d'apprendre, Siddhartha, eh bien, apprends encore cela : l'amour peut se mendier, s'acheter, se donner, se ramasser dans la rue, mais il ne se vole pas ! Tu fais fausse route en t'engageant dans cette voie. Non, vraiment, il serait dommage qu'un beau jeune homme comme toi s'y prît aussi mal. »

Siddhartha s'inclina en souriant : « Tu as raison, Kamala, ce serait dommage ! ce serait même grand dommage ! Non, il ne sera pas dit que je perdrai une goutte des douceurs de ta bouche, ni toi, une de la mienne. C'est entendu : Siddhartha reviendra quand il aura ce qui lui manque encore : des vêtements, des souliers et de l'argent ; mais dis-moi, douce Kamala, ne pourrais-tu me donner encore un conseil ?

— Un conseil ? Pourquoi non ? Qui refuserait de donner un conseil à un pauvre Samana ignorant qui arrive de la forêt où il vivait avec les chacals ?

— Chère Kamala, conseille-moi donc ; où dois-je aller pour trouver le plus vite possible ces trois choses ?

— Mon ami, ils sont nombreux ceux qui voudraient le savoir. Utilise tes connaissances pour gagner de l'argent et t'acheter des vêtements et des chaussures. Le pauvre n'a pas d'autre moyen pour se procurer de l'argent. Qu'est-ce que tu sais faire ?

— Je sais réfléchir. Je sais attendre. Je sais jeûner.

— Rien de plus ?

— Rien. Si pourtant. Je sais aussi faire des poésies. Voudrais-tu me donner un baiser pour une poésie ?

— Je le veux bien à condition que ta poésie me plaise. Je t'écoute. »

Siddhartha s'étant recueilli un instant prononça ces vers :

Quand Kamala la belle entra dans son bosquet ombreux,
Le brun Samana se tenait sur son passage.
En voyant cette fleur de lotus il s'inclina profondément
Et Kamala remercia par un sourire.
Et le jeune homme se dit alors : Il est fort bien de sacrifier aux dieux,
Mais sacrifier à la belle Kamala vaut infiniment mieux.

Kamala battit des mains si fort que ses bracelets d'or en sonnèrent.

« Tes vers, ô brun Samana, sont beaux et vraiment je n'y perdrai pas en te les payant d'un baiser. »

Elle l'attira à elle du regard. Il inclina son visage sur le sien, posa sa bouche sur la sienne, qui avait la saveur d'une figue fraîchement ouverte. Il fut long le baiser de Kamala, et Siddhartha, tout étonné, sentit avec quel art elle lui enseignait ce que c'est qu'un baiser, avec quelle habileté elle procédait, comme elle savait l'éloigner d'elle un instant pour mieux le reprendre, et comme à ce premier baiser succédait aussitôt toute une longue série d'autres baisers bien ordonnés et d'un raffinement inouï, et chacun d'eux pourtant différent de ceux qu'il appelait encore. Il demeurait là, debout, haletant, étonné comme un enfant, maintenant qu'il entrevoyait l'étendue du savoir de son initiatrice et tout ce qu'il avait tant d'intérêt à apprendre.

« Ils sont bien beaux tes vers ! s'écria Kamala, et si j'étais riche, je te les paierais en pièces d'or. Mais tu auras de la peine à gagner avec tes vers autant d'argent qu'il t'en faudra ; car il t'en faudra beaucoup pour être l'ami de Kamala.

— Comme tu sais bien embrasser, Kamala, dit Siddhartha d'une voix entrecoupée.

— Je le sais en effet, et c'est pourquoi je ne manque ni de vêtements, ni de chaussures, ni de bracelets, ni de toutes sortes de belles choses. Mais toi, que vas-tu devenir, si tu ne sais que réfléchir, jeûner et faire des vers ?

— Oh ! je sais aussi les hymnes du sacrifice, dit Siddhartha, mais je ne veux plus les chanter. Je sais encore les formules d'incantation, mais je ne veux plus les prononcer. J'ai lu les écrits...

— Comment ! fit Kamala en l'interrompant, tu sais lire ?... et écrire ?...

— Certainement, et je ne suis pas le seul...

— La plupart ne le savent pas. Moi non plus, je ne le sais pas. C'est très bien que tu saches lire et écrire, très bien ! Et les formules magiques, tu pourras aussi les utiliser. »

A cet instant arriva en courant une des servantes qui souffla quelques mots à l'oreille de sa maîtresse.

« Je reçois une visite, dit Kamala, dépêche-toi de disparaître, Siddhartha, et que personne ne te voie ici, tu m'as comprise. Demain, je te reverrai. »

Puis elle commanda à la fille de donner une tunique blanche au pieux brahmane. Avant qu'il se fût rendu compte de ce qui lui arrivait, Siddhartha se vit entraîné par la servante, conduit par des chemins détournés dans un pavillon du jardin où on lui fit cadeau d'un vêtement, puis emmené à travers les plantes et les arbustes et invité d'une manière pressante à s'éloigner le plus rapidement possible du bosquet, sans qu'on le vît.

Il fit d'un cœur content tout ce qu'on lui ordonnait. En habitué de la forêt, il sortit du bois, franchit la haie sans faire le moindre bruit et retourna heureux à la ville, en portant sous son bras le vêtement roulé. Parvenu devant une auberge où entraient des voyageurs, il se plaça à la porte, debout, et, sans parler, fit comprendre qu'il avait faim. On lui donna un morceau de gâteau de riz qu'il reçut en silence. Demain, peut-être, pensa-t-il, je ne demanderai plus à manger à personne. Mais soudain un sentiment de fierté s'empara de lui. Il n'était plus Samana, et mendier était indigne de lui. Il jeta à un chien son gâteau de riz et se passa de nourriture.

La vie qu'on mène dans ce monde, se dit Siddhartha, est bien simple. Elle ne présente aucune difficulté. Lorsque j'étais encore Samana, tout était difficile, pénible et, pour finir, ne menait à rien. Maintenant tout est facile, facile comme la leçon du baiser que me donna Kamala. Qu'est-ce qu'il me faut ? Des vêtements et de l'argent. Ces buts-là sont tout proches et faciles à atteindre ; ils ne m'empêcheront pas de dormir.

Depuis longtemps il s'était fait indiquer la maison de Kamala dans la ville, et le lendemain il s'y rendit.

« Cela marche bien, lui cria-t-elle de loin. On t'attend chez Kamaswami qui est le plus riche marchand de cette ville. Si tu lui plais, il te prendra à son service. Sois habile, brun Samana. Je lui ai fait parler de toi par d'autres. Montre-toi prévenant envers lui : il est très puissant. Mais ne sois pas non plus trop modeste. Je ne veux pas qu'il fasse de toi un serviteur, mais que tu deviennes son égal, sinon je ne serai pas contente de toi ! Kamaswami commence à vieillir et à aimer ses aises. Si tu lui conviens, tu auras toute sa confiance. »

Siddhartha la remercia en riant et lorsqu'elle sut qu'il n'avait encore rien mangé ni la veille ni ce jour-là, elle lui fit apporter du pain et des fruits et le servit.

« Tu as eu de la chance, lui dit-elle, quand il prit congé d'elle, toutes les portes s'ouvrent devant toi, les unes après les autres. Comment expliquer cela ? Aurais-tu un charme ? »

Siddhartha répondit : « Je te disais hier que je savais réfléchir, attendre et jeûner ; mais tu étais d'avis, toi, que cela ne servait de rien. Tu verras, Kamala, que cela est au contraire très utile. Tu verras que, dans leurs forêts, les stupides Samanas apprennent beaucoup de jolies choses dont vous autres, ici, n'avez pas une idée. Avant-hier je n'étais encore qu'un mendiant aux cheveux ébouriffés ; hier j'ai déjà embrassé Kamala, et bientôt je serai un marchand avec de l'argent et toutes ces choses auxquelles tu attaches tant de valeur.

— D'accord, fit-elle, mais sans moi que serais-tu devenu ? Et que deviendrais-tu si Kamala ne t'aidait pas ?

— Chère Kamala, dit Siddhartha en se redressant de toute sa hauteur, en allant te trouver dans ton bosquet, c'est moi qui fis le premier pas. Mon intention était de me faire initier à l'amour par la plus belle des femmes. A partir du moment où j'eus pris cette détermination, je savais que je la mettrais à exécution. Je savais que tu m'y aiderais ; je le savais déjà depuis ton premier regard à l'entrée du bois.

— Mais si je n'avais pas voulu ?

— Tu as voulu. Ecoute, Kamala, quand tu jettes une pierre dans l'eau, elle descend vers le fond, par le chemin le plus court. Il en est de même quand Siddhartha s'est proposé d'atteindre un but, d'exécuter un projet. Siddhartha ne bouge pas ; il attend, il réfléchit, il jeûne ; mais il passe à travers les choses du monde comme la pierre à travers l'eau, sans rien faire, sans bouger ; attiré par son but, il n'a qu'à se laisser aller, car dans son âme plus rien ne pénètre de ce qui pourrait l'en distraire. Et c'est justement ce que Siddhartha a appris chez les Samanas et ce que les sots appellent un charme, qu'ils attribuent à l'œuvre des démons. Rien n'est l'œuvre des démons, car il n'y a pas de démons. Chacun peut être magicien et atteindre son but, s'il sait réfléchir, s'il sait attendre, s'il sait jeûner. »

Kamala l'écoutait. Elle aimait sa voix, elle aimait l'éclat de ses yeux.

« Il est possible, dit-elle à voix basse, que ce soit

comme tu dis, mon ami. Mais il se peut aussi que ce soit parce que Siddhartha est un bel homme et que son regard plaît aux femmes. C'est pour cette raison peut-être que la chance lui sourit. »

Siddhartha prit congé avec un baiser.

« Puisse-t-il en être ainsi, ô ma maîtresse ! Puisse mon regard te plaire toujours et le bonheur me venir de toi ! »

PARMI LES HOMMES

Siddhartha alla trouver le marchand Kamaswami dans une riche maison qu'on lui avait indiquée. Des serviteurs le conduisirent par des couloirs ornés de tapis précieux dans une pièce où il attendit le maître. Kamaswami entra. C'était un homme souple, aux gestes rapides, et dont les chevcux grisonnaient fortement. Ses yeux dénotaient l'intelligence et la prudence, et sa bouche la sensualité. Le maître et le visiteur se saluèrent amicalement.

« On m'a dit, commença le marchand, que tu es un brahmane, un savant qui désirerait se mettre au service d'un commerçant. Te trouves-tu donc dans le besoin que tu cherches à te placer ?

— Non, dit Siddhartha, je ne suis pas, je n'ai jamais été dans le besoin. Apprends que je viens de chez les Samanas, où j'ai longtemps vécu.

— Si tu viens de chez les Samanas, comment peux-tu ne pas être dans le besoin ? Les Samanas ne sont-ils pas dénués de tout ?

— Je suis en effet dénué de tout, dit Siddhartha, si tu entends par là que je ne possède rien. Mais si je ne possède rien, c'est par ma volonté ; je ne suis donc pas dans le besoin.

— Mais de quoi donc comptes-tu vivre, si tu n'as rien ?

— Maître, je n'y ai point encore réfléchi. Je n'ai rien possédé pendant plus de trois ans et jamais je ne me suis demandé de quoi je vivrais.

— Alors tu as vécu sur le bien d'autrui ?

— Ce fut sans doute comme tu dis. Mais le marchand vit lui aussi du bien des autres.

— D'accord, mais il ne prend rien aux autres gratuitement ; pour ce qu'il leur prend, il leur donne sa marchandise.

— Il semble bien en effet qu'il en soit ainsi. Les uns prennent, les autres donnent ; telle est la vie.

— Mais permets ! si tu n'as rien, qu'est-ce que tu veux donner ?

— Chacun donne ce qu'il a. Le guerrier donne sa force, le marchand sa marchandise, le maître sa doctrine, le paysan son riz, le pêcheur ses poissons.

— Parfaitement ! Mais voyons ; et toi, qu'as-tu à donner ? Qu'as-tu appris que tu puisses donner ?

— Je sais réfléchir, je sais attendre, je sais jeûner.

— Est-ce là tout ?

— Oui, je crois que c'est tout.

— Et à quoi cela te sert-il ? Par exemple, le jeûne, à quoi est-il bon ?

— Il est bon à bien des choses, Maître. Quand un homme n'a rien à manger, le mieux qu'il puisse faire c'est de jeûner. Si, par exemple, Siddhartha n'avait pas appris à jeûner, il lui faudrait, aujourd'hui, accepter un travail quelconque, soit chez toi, soit ailleurs, parce que la faim l'y contraindrait. Mais tel qu'il est, Siddhartha peut attendre tranquillement ; il ne connaît pas l'impatience, il ne connaît pas le besoin et la faim peut longtemps lui livrer ses assauts, il en rira. Voilà, Maître, à quoi sert le jeûne.

— Tu as raison, Samana. Attends-moi un instant. »

Kamaswami sortit et revint avec un rouleau qu'il tendit à son visiteur en lui disant :

« Peux-tu lire cela ? »

Siddhartha considéra le rouleau sur lequel était inscrit un acte de vente et se mit à lui en lire le contenu.

« Parfait, dit Kamaswami. Et maintenant veux-tu m'écrire quelque chose sur cette feuille ? »

Il lui donna une feuille et un stylet, et Siddhartha écrivit, puis rendit la feuille.

Kamaswami lut : « Ecrire est bien, penser est mieux ; il est bon d'être habile, il est mieux d'être patient.

— Tu sais très bien écrire, lui dit le commerçant pour le louer. Il y a encore bien des choses dont nous aurons à nous entretenir. Pour aujourd'hui, je te prie d'être mon hôte et de rester dans cette maison. »

Siddhartha accepta et le remercia. A partir de cet instant il habita dans la maison du négociant. On lui apporta des vêtements et des chaussures, et chaque jour un serviteur lui préparait son bain. Deux fois par jour on servait un copieux repas ; mais Siddhartha ne mangeait qu'une fois ; il ne mangeait jamais de viande et ne buvait jamais de vin. Kamaswami lui parlait de ses affaires, lui montrait des marchandises, des magasins, des factures. Siddhartha apprit ainsi beaucoup de choses ; il écoutait attentivement et parlait peu. Suivant la recommandation de Kamala, il ne se subordonna jamais au marchand, mais l'obligea à le traiter comme un égal et même comme quelque chose de plus. Kamaswami s'occupait de ses affaires avec soin et souvent même avec passion, Siddhartha au contraire considérait tout cela comme un jeu, dont il s'efforçait d'apprendre exactement les règles, mais qui au fond le laissait parfaitement froid.

Il n'était chez Kamaswami que depuis peu de temps et déjà il prenait une part directe à son commerce. Mais chaque jour, à l'heure qu'elle lui indiquait, il allait voir la belle Kamala. Il mettait de beaux habits, de fines chaussures et bientôt il lui apporta aussi des cadeaux. Et sa petite bouche rouge et intelligente lui enseigna beaucoup de choses, et sa main douce et souple aussi. En amour il était ignorant comme un enfant et enclin à se précipiter aveuglément dans les plaisirs des sens comme dans une eau sans fond. Elle lui apprit à ne point prendre un plaisir sans en donner un lui-même en retour ; elle lui enseigna que chaque geste, chaque caresse, chaque attouchement, chaque regard devaient avoir une raison, et que les plus petites parties du corps avaient leurs secrets, dont la découverte était une joie pour celui qui savait la faire. Elle lui apprit qu'après chaque fête d'amour les amants ne devaient point se séparer sans s'être admirés l'un l'autre ; chacun devait emporter l'impression d'avoir été vaincu dans la même mesure qu'il avait vaincu lui-même ; l'un ne devait pas faire naître chez l'autre ce désagréable sentiment de satiété dépassée et d'abandon, qui pût faire croire à un abus d'une part ou d'une autre. Délicieuses étaient les heures qu'il passait ainsi auprès de la belle et prudente artiste, dont il était à la fois l'élève, l'amant et l'ami. Pour lui, toute la valeur et tout le sens de la vie résidaient non pas dans le commerce de Kamaswami, mais dans son intimité avec Kamala. Le commerçant lui confia la rédaction de lettres et de contrats importants et s'habitua à discuter avec lui toutes les affaires sérieuses. Il s'aperçut vite que Siddhartha n'entendait pas grand-chose à tout ce qui était riz, laine, navigation et négoce, mais qu'il avait la main heureuse et lui était bien supérieur en calme et en sang-froid, ainsi que dans l'art d'écouter et de lire la pensée d'autrui. « Ce brahmane, disait-il à un ami, n'est pas ce qu'on appelle un commerçant et il ne le sera jamais ; il n'apporte pas la moindre passion aux affaires. Mais il est de ces hommes qui possèdent le secret de la réussite, soit parce qu'il est né sous une bonne étoile, soit parce qu'il dispose d'un charme ou de quelque autre chose qu'il a appris chez les Samanas. Pour lui les affaires ont toujours l'air de n'être qu'un divertissement ; jamais il n'en pénètre entièrement le sens, jamais elles ne le préoccupent, jamais il ne redoute un échec, et une perte, quelle qu'elle soit, le laisse tout à fait indifférent. »

L'ami donna un conseil au commerçant :

« Accorde-lui donc un tiers du gain sur les affaires qu'il traitera pour toi ; mais fais-lui supporter aussi les pertes dans la même proportion, si pertes il y a. Cela lui donnera du zèle. » Kamaswami suivit le conseil. Mais Siddhartha n'en devint pas plus zélé pour cela. Y avait-il un gain, il l'acceptait ; était-ce une perte, il en riait et se contentait de dire : « Tiens, tiens ! l'affaire a mal marché ! » Il semblait en effet que la marche des affaires ne l'intéressât pas du tout. Une fois il se rendit dans un village pour y acheter une grande récolte de riz. Quand il arriva, le riz avait déjà été vendu à un autre commerçant. Siddhartha demeura pourtant plusieurs jours dans ce village, régala les paysans, donna à leurs enfants des monnaies de cuivre, assista à un mariage et revint tout heureux de son voyage. Kamaswami lui reprocha de n'être pas rentré tout de suite et d'avoir perdu son temps et son argent. Siddhartha lui répondit : « Cesse tes remontrances, cher ami, on n'a jamais rien obtenu par ce moyen-là. S'il y a des pertes, que ce soit moi qui les supporte. Je suis très content de ce voyage. J'ai fait la connaissance de toutes sortes de gens ; un brahmane est devenu mon ami ; j'ai fait sauter des enfants sur mes genoux ; les paysans m'ont montré leurs champs ; mais personne ne m'a pris pour un commerçant.

— Tout cela est fort bien, s'écria Kamaswami irrité, mais en réalité n'es-tu pas commerçant ? et ne serais-tu peut-être allé là-bas que pour te divertir ?

— Naturellement, dit Siddhartha en riant, c'est pour me divertir que j'y suis allé ; autrement pourquoi y serais-je donc allé ? J'y ai vu des gens nouveaux et une contrée nouvelle ; on m'a témoigné des égards et de la confiance et je m'y suis créé des amitiés. Tiens, ami, si j'avais été Kamaswami, dès que j'aurais vu mon affaire manquée, je serais reparti en toute hâte, plein de dépit, et j'aurais en effet perdu mon temps et mon argent. En agissant comme je l'ai fait, j'ai passé quelques bonnes journées, j'ai enrichi mes connaissances, j'ai eu du plaisir et je n'ai porté préjudice ni à moi-même ni aux autres par ma mauvaise humeur et ma précipitation.

Et si par hasard un jour, plus tard, je retourne là-bas, peut-être pour y acheter une autre récolte ou pour tout autre motif, j'y serai reçu avec empressement par des gens affables et gais et je me féliciterai de ne point leur avoir témoigné de mauvaise humeur ni montré de hâte à les quitter. Allons, mon ami, console-toi, — et ne te nuis point à toi-même en te fâchant. Si un jour tu t'aperçois que Siddhartha te porte préjudice, tu n'auras qu'une parole à lui dire et Siddhartha reprendra sa route. Mais, en attendant, vivons heureux ensemble. »

Ce fut en vain que le marchand tenta de convaincre Siddhartha que, somme toute, c'était son pain, à lui, Kamaswami, qu'il mangeait ; Siddhartha prétendit qu'il mangeait son propre pain, ou plutôt que tous les deux mangeaient le pain des autres, le pain de tout le monde. Jamais Siddhartha ne prêtait l'oreille aux plaintes de Kamaswami, et Kamaswami se plaignait toujours des nombreux soucis qui l'assaillaient. Une affaire en cours menaçait-elle de mal tourner, un envoi de marchandises semblait-il perdu, un débiteur avait-il l'air de ne pouvoir payer, jamais Kamaswami ne réussissait à persuader son associé qu'il fût pour cela utile de se répandre en paroles de regret ou de colère, de froncer les sourcils et d'en perdre le sommeil. Un jour que Kamaswami lui fit observer que tout ce qu'il savait, c'était à lui qu'il le devait, il lui répondit : « Veux-tu peut-être te moquer de moi en me débitant de pareilles sornettes ? Tu m'as appris combien coûte une corbeille de poissons et combien d'intérêts on peut exiger pour de l'argent prêté. C'est là toute ta science. Ce n'est pas chez toi que j'ai appris à penser, mon bon Kamaswami ; mais toi, tu pourrais peut-être essayer de l'apprendre par moi. »

Sans aucun doute ses pensées n'étaient pas au commerce. Les affaires avaient cela de bon, qu'elles lui rapportaient de l'argent pour Kamala ; elles lui en rapportaient même beaucoup plus qu'il ne lui en fallait. Du reste Siddhartha ne s'intéressait guère

qu'à des gens dont les affaires, le métier, les préoccu-
pations, les amusements et les folies lui étaient
demeurés autrefois tout à fait étrangers et auxquels
il n'avait même jamais songé ! Malgré la grande faci-
lité avec laquelle il parlait aux uns et aux autres,
vivait avec eux, tirait parti d'eux, il sentait cependant
qu'il y avait en lui quelque chose qui le séparait
d'eux, et ce quelque chose c'était son ancien état de
Samana. Pour lui, les hommes s'abandonnaient, se
laissaient vivre comme des enfants ou comme des
animaux et il en éprouvait du plaisir et du mépris à
la fois. Il les voyait se tourmenter, peiner et vieillir
pour acquérir des choses qui, selon lui, n'en valaient
pas la peine : de l'argent, un pauvre petit plaisir, de
maigres honneurs ; il les voyait se quereller, s'insul-
ter ; il les entendait se plaindre de douleurs qui faisaient sourire un Samana et souffrir de privations
qu'un Samana ne sentait même pas.

Il était accessible à tout et à tous. Le négociant qui
lui offrait de la toile, le client, l'endetté qui cherchait
à emprunter, le mendiant qui, pendant une heure, lui
racontait l'histoire de sa pauvreté, pauvreté qui souvent n'atteignait pas à la moitié de celle d'un
Samana, tous étaient bien accueillis, tous étaient
pour lui les bienvenus. Le riche commerçant étranger n'était pas mieux traité par lui que le domestique
qui le rasait, ou que le petit marchand ambulant qui
le trompait toujours sur la monnaie en lui vendant
des bananes. Si Kamaswami venait le trouver pour
lui conter ses soucis ou lui faire des reproches au
sujet d'une affaire, il l'écoutait d'une mine curieuse
et réjouie, lui marquait son étonnement, essayait de
le comprendre, lui donnait un peu raison, juste
autant qu'il le fallait pour ne pas le froisser, puis il se
tournait vers la première personne venue qui désirait lui parler. Et nombreux étaient ceux qui venaient
à lui, beaucoup pour le tromper, beaucoup pour
tâcher de le faire parler, beaucoup pour faire appel à
sa pitié, beaucoup aussi pour recevoir ses conseils.
Et il donnait des conseils, il s'apitoyait, il faisait des

cadeaux, se laissait un peu tromper, et tout ce jeu, qui passionnait les hommes, occupait autant ses pensées qu'autrefois les dieux et Brahma.

De temps en temps il percevait, tout au fond de sa poitrine, une voix qui se lamentait, très faible, comme celle d'un mourant et qui l'avertissait tout bas, si bas qu'il la distinguait à peine. Alors, pendant une heure, sa conscience lui reprochait de mener une existence bizarre, de ne s'occuper que des choses qui, au fond, ne méritaient pas d'être prises au sérieux. Sans doute il avait des moments de bonne humeur et même de gaieté ; mais il était bien obligé de reconnaître que la vie, la véritable vie passait à côté de lui sans le toucher. Il jouait avec ses affaires, avec les personnes de son entourage, comme un joueur avec des balles ; il les suivait du regard et s'en divertissait ; mais cela n'arrivait ni à son cœur, ni à la source de son âme, qui, elle, coulait invisible et allait se perdre quelque part, bien loin de sa vie. Parfois il s'effrayait de ces pensées et faisait des vœux pour qu'il lui fût possible de se passionner aussi vraiment pour toutes ces puérilités, d'y mettre un peu de son âme afin de vivre réellement sa vie, d'en jouir avec plénitude, au lieu de s'en tenir à l'écart et d'en être seulement le spectateur.

Cela ne l'empêchait pas de revenir toujours auprès de la belle Kamala qui lui enseignait l'art de l'amour, l'exerçait dans le culte du plaisir, où, plus que dans n'importe quel autre, donner et recevoir ne sont qu'une même chose ; il causait avec elle, s'instruisait, lui donnait des conseils et en recevait lui-même. Elle le comprenait mieux que Govinda ne l'avait compris autrefois ; il y avait, entre elle et lui, plus d'affinités. Une fois il lui dit :

« Tu es comme moi, tu ne ressembles point à la plupart des autres créatures. Tu es Kamala, pas autre chose, et en toi il y a un asile de paix où tu peux, à ton gré, te réfugier et t'installer en toute commodité, comme je puis le faire en moi-même.

Bien peu d'hommes ont cette ressource et cependant tous pourraient l'avoir.

— Tous les hommes ne sont pas intelligents, dit Kamala.

— Non, fit Siddhartha, ce n'est pas cela, Kamaswami est aussi intelligent que moi et ne possède pas en lui ce refuge. D'autres le trouvent aussi en eux, qui, pour l'intelligence, ne sont que de petits enfants. Presque toutes les créatures, ô Kamala, ressemblent à la feuille qui, en tombant, tournoie dans l'air, vole et chavire en tous sens avant de rouler sur le sol. D'autres au contraire, le petit nombre, ressemblent aux étoiles ; ils suivent une route fixe, aucune bourrasque ne les en fait dévier ; ils portent en eux-mêmes les lois qui les régissent. Parmi tous les savants et les Samanas que j'ai connus, il n'en existe qu'un de cette sorte, un être parfait, dont je ne perdrai jamais le souvenir. C'est ce Gotama, le Sublime, le créateur de la doctrine que tu sais. Chaque jour des milliers de jeunes gens l'écoutent et, heure par heure, s'appliquent à suivre ses préceptes ; mais tous sont comme ces feuilles qui tombent ; aucun d'eux ne porte en lui-même sa doctrine et sa loi. »

Kamala le considéra avec un sourire.

« Voilà que tu parles encore de lui, dit-elle, et que tu es repris par tes idées de Samana. »

Un instant Siddhartha garda le silence ; puis ils jouèrent au jeu d'amour, qui n'était qu'un des trente ou quarante différents jeux que savait Kamala. Son jeune corps était souple et flexible comme celui d'un jaguar et comme l'arc du chasseur ; et celui à qui elle avait donné des leçons d'amour pouvait se vanter d'en connaître les plus mystérieux attraits. Longtemps elle joua avec Siddhartha ; tantôt elle l'attirait à elle en le provoquant ; tantôt elle le repoussait pour le reprendre aussitôt, l'arrêtait dans ses élans, le domptait, l'enveloppait, heureuse des progrès de son élève ; et le jeu durait jusqu'à ce qu'il tombât épuisé à côté d'elle. Alors elle se penchait sur lui et contemplait longuement son visage et ses yeux fatigués.

« Tu es, lui dit-elle, pensive, celui qui, de tous ceux que j'ai vus, sait le mieux aimer. Tu es plus vigoureux que les autres, plus souple, plus docile. Tu as bien profité de mes leçons, Siddhartha. Plus tard, quand j'aurai quelques années de plus, je veux avoir un enfant de toi. Et pourtant, chéri, tu restes, au fond, toujours Samana ; tu ne m'aimes pas ; tu n'aimes personne. N'ai-je pas raison ?

— C'est bien possible, dit Siddhartha d'une voix fatiguée. Je suis comme toi. Toi non plus, tu n'aimes point ; autrement comment pourrais-tu faire de l'amour un art ? Les êtres tels que nous sont peut-être dans l'impossibilité d'aimer. Les autres hommes le peuvent ; c'est là leur secret. »

SANSARA [1]

Longtemps Siddhartha avait connu la vie du monde et des plaisirs sans cependant lui appartenir. Ses sens, que les années de la dure existence chez les Samanas avaient presque tués, s'étaient réveillés ; il avait goûté à la richesse, il avait goûté à la volupté, à la puissance ; cependant, comme la fine Kamala l'avait exactement deviné, il était toujours resté Samana de cœur. C'était toujours l'art de penser, d'attendre et de jeûner qui continuait à régler sa vie ; les êtres humains au milieu desquels il vivait lui étaient demeurés tout aussi étrangers qu'il leur était étranger lui-même.

Les années s'écoulaient. Enveloppé dans les douceurs de cette existence, Siddhartha s'en apercevait à peine. Il était devenu riche ; depuis longtemps il possédait, lui aussi, une maison et des serviteurs et un jardin aux portes de la ville, sur le bord de la rivière. On l'aimait, on venait le trouver quand on avait besoin d'un secours ou d'un conseil ; mais personne, hormis Kamala, n'était admis dans son intimité.

Cette forte et suave sensation de réveil qu'il avait éprouvée, en plein épanouissement de jeunesse,

---

1. Sansara ou mieux Samsara, les vicissitudes du monde, de la vie et de la mort, le monde des humains, l'Océan de la Naissance et de la Mort, l'instabilité et la non-durée des choses, l'inquiétude de la vie du monde, l'agitation de l'égoïsme, la vanité de l'existence. (*N. d. T.*)

dans les jours qui suivirent le sermon de Gotama, après sa séparation de Govinda, cette tension de tout son être dans l'attente de ce qui allait arriver, ce fier isolement de tout maître et de toute doctrine, cette fine perception de la voix divine dans son propre cœur, tout cela n'était plus pour lui qu'un souvenir bien lointain dont il ne subsistait presque rien. Le bruit de la source sacrée qui autrefois semblait sourdre si proche de lui, dont il avait même entendu le murmure en lui, était devenu lointain et presque imperceptible. Il est vrai que bien des choses qu'il avait apprises chez les Samanas, celles que Gotama lui avait enseignées ou qu'il tenait de son père le brahmane, avaient encore survécu longtemps en lui : comme la sobriété, le plaisir de penser, les longues méditations, le commerce familier avec son moi, cet éternel moi qui n'était ni le corps ni la conscience. Plusieurs de ces choses lui étaient restées ; mais les unes après les autres elles sombraient elles aussi dans l'oubli. Comme la roue du potier, une fois mise en mouvement, continue à tourner et ne revient à l'immobilité que petit à petit, dans l'âme de Siddhartha la roue de l'ascétisme, la roue de la pensée, la roue du discernement avait aussi continué de tourner et elle tournait encore, mais si lentement qu'à chaque instant on pouvait s'attendre à la voir s'immobiliser. De même que l'humidité pénètre peu à peu dans le tronc d'un arbre malade, s'y répand partout et le fait pourrir, le monde et l'indolence s'étaient infiltrés dans l'âme de Siddhartha et l'avaient envahie. Maintenant ils l'alourdissaient, la fatiguaient, l'endormaient. En revanche ses sens étaient revenus à la vie ; par eux il avait beaucoup appris et singulièrement enrichi son expérience !

Siddhartha était devenu un commerçant habile ; il savait user de sa puissance sur les hommes et s'amuser avec la femme ; il portait de beaux habits, commandait à de nombreux serviteurs et se baignait dans des eaux parfumées. Il avait appris à se nourrir de mets délicats soigneusement préparés (il mangeait aussi du poisson, de la viande, des oiseaux, des épices et des douceurs), et à boire le vin qui rend paresseux et fait oublier. Il avait appris à jouer aux dés, sur un échiquier, à apprécier l'art des danseuses, à se faire porter en palanquin, à dormir dans un lit moelleux. Mais toujours il s'était senti différent des autres hommes, supérieur à eux, toujours il les avait regardés avec un peu d'ironie, avec un peu de ce dédain moqueur que ressentit toujours un Samana pour ceux qui vivent dans le monde. Quand Kamaswami était indisposé, quand il était de mauvaise humeur, quand il se sentait offensé, quand il était tourmenté par ses soucis d'affaires, Siddhartha le considérait toujours d'un air de pitié dédaigneuse. Ce ne fut que lentement, insensiblement, à mesure que s'écoulaient la saison des moissons et celle des pluies, que son ironie commença à se lasser et le sentiment de supériorité qu'il affichait, à s'émousser.

Ce fut lentement aussi que Siddhartha, au milieu de ses richesses toujours croissantes, prit lui-même un peu des manières des autres hommes, de leur puérilité et de leur pusillanimité. Et pourtant il leur portait envie, et ce, d'autant plus qu'il leur ressemblait davantage. La chose qu'il leur enviait le plus, parce qu'elle lui faisait entièrement défaut, c'était l'importance qu'ils savaient donner à leur existence, la passion qu'ils mettaient à leurs plaisirs et à leurs peines, le bonheur anxieux mais doux qu'ils trouvaient à leurs éternelles manies amoureuses. Ces hommes s'attachaient toujours plus à eux-mêmes, aux femmes, à leurs enfants, à l'honneur ou à l'argent, à leurs projets ou à leurs espérances. Mais c'est justement ce qu'il n'apprit pas d'eux : cette joie naïve, cette innocente folie ; il n'apprit d'eux que ce qui les rendait désagréables et faisait déjà l'objet de tout son mépris. Il lui arrivait de plus en plus fréquemment, quand il avait passé une soirée en société, de rester longtemps au lit le matin, alourdi et fatigué. Il lui arrivait d'être irascible et impatient quand Kamaswami l'ennuyait avec ses soucis. Il lui arrivait de rire démesurément quand il perdait au jeu de dés. L'expression de son visage était bien toujours plus intelligente et plus spirituelle que celle des autres ; mais on le voyait rarement rire et ses traits devenaient, les uns après les autres, semblables à ceux de certains riches dont l'aspect trahit le mécontentement, la nature maladive, l'humeur chagrine, l'indolence, le dégoût. Le mal qui travaille l'âme des riches le gagnait aussi peu à peu.

La fatigue enveloppait Siddhartha, comme un léger voile de brume, lentement ; chaque jour ce voile devenait plus dense, chaque mois plus sombre, chaque année plus pesant. De même qu'un habit neuf vieillit avec le temps, et avec le temps se défraîchit et, par endroits, commence à montrer les fils, la nouvelle existence de Siddhartha, celle qui avait commencé après sa séparation de Govinda, portait maintenant de fortes traces d'usure ; les années, en passant, lui avaient ravi sa vraie couleur et son lustre, elle aussi avait des taches et des plis, et laissait voir par certains endroits, quoique encore peu apparentes, les vilaines traces de la désillusion et du dégoût : Siddhartha ne s'en apercevait pas. Il s'apercevait seulement que cette voix intérieure, qui autrefois résonnait si claire et si pleine et l'avait guidé en ses plus beaux jours, était devenue silencieuse.

Le monde s'était emparé de lui, le plaisir, la convoitise, l'indolence et finalement le vice qui lui avait toujours semblé le plus méprisable de tous, et qu'il avait toujours haï et tourné en ridicule : la cupidité. Le besoin de posséder, l'attachement aux richesses avaient fini par le dominer et n'étaient plus pour lui un jeu et une futilité, comme autrefois, mais une chaîne et un fardeau. Siddhartha était devenu l'esclave de cette méprisable manie par l'attrait singulier et perfide qu'avait exercé sur lui la passion du jeu de dés. C'était depuis l'époque où, dans son for intérieur, il avait cessé d'être Samana. Le sourire sur les lèvres et sans autre pensée que celle d'imiter les hommes, il avait joué pour de l'argent et des bijoux ; mais peu à peu le jeu était devenu chez lui un besoin, une passion toujours grandissante. Il avait même acquis la réputation de joueur redoutable et ses mises étaient si élevées et si audacieuses que bien peu osaient l'affronter. La détresse de son cœur le poussait au jeu ; il éprouvait une joie mêlée de colère à gaspiller son misérable argent, et croyait par là ne pouvoir montrer avec plus d'évidence et d'ironie tout le mépris que lui inspirait la richesse, cette idole des commerçants.

Il jouait donc gros jeu et sans aucun ménagement, se haïssant lui-même, se raillant ; il gagna ainsi des mille et des mille et il en perdit autant. Une fois il perdit tout son argent, ses bijoux, puis sa maison de campagne ; il les regagna et les perdit de nouveau. Cette angoisse effroyable qui lui serrait le cœur, quand il jetait les dés pour un coup décisif sur de gros enjeux, il l'aimait, il la cherchait, et toujours il tâchait d'en augmenter l'intensité, d'en rendre la sensation plus aiguë, car, dans cette sensation seule, il éprouvait encore quelque chose qui ressemblât à une jouissance, à une ivresse ; il y trouvait surtout le stimulant dont il avait besoin pour sortir de sa morne et tiède existence d'homme rassasié de tout. Et chaque fois qu'il avait fait une grosse perte, il songeait de nouveau aux moyens de s'enrichir, s'occupait plus activement de son commerce, poursuivait plus impitoyablement ses débiteurs, il voulait jouer encore, jouer toujours, il voulait continuer à gaspiller l'argent et à montrer ainsi tout le dédain que lui inspirait la richesse. Mais bientôt Siddhartha ne fut plus indifférent aux pertes ; il perdit patience avec ceux qui le payaient mal, il perdit la compassion envers les mendiants, il perdit toute envie de donner de l'argent ou d'en prêter à un quémandeur. Lui qui, sur un coup de dés, perdait des sommes folles et en riait devint plus sévère et plus tracassier dans son commerce, et la nuit, il lui arrivait même de rêver d'argent. Chaque fois qu'il s'arrachait à ce hideux envoûtement, chaque fois qu'il se voyait, vieilli et plus laid, dans le miroir pendu au mur de sa chambre à coucher, et que la honte et le dégoût de soi-même l'envahissaient, il se plongeait plus profondément dans l'âpre plaisir d'un nouveau jeu de hasard, s'abîmait dans la luxure, s'étourdissait dans l'ivresse du vin ; puis il se ressaisissait, pour céder encore à son besoin de gagner de l'argent, d'entasser de nouvelles richesses. A force de tourner ainsi dans ce cercle vicieux, il se fatigua, s'usa et tomba malade.

Une nuit il eut un songe, dans lequel il crut voir un avertissement. Il avait passé quelques heures de la soirée auprès de Kamala, dans le beau jardin de sa propriété. Ils avaient causé ensemble, assis sous les arbres, et Kamala avait prononcé des paroles empreintes de mélancolie, qui n'étaient que l'expression voilée de sa tristesse et de sa fatigue. Elle l'avait prié de lui parler de Gotama et ne se lassait point de lui entendre dire combien il y avait de pureté dans son regard, de sérénité et de beauté sur sa bouche, de bonté dans son sourire, de paix dans sa démarche. Longtemps il avait dû l'entretenir du Sublime Bouddha, et Kamala, qui n'avait pu retenir ses soupirs, lui avait dit : « Qui sait ? un jour, peut-être, je suivrai moi aussi ce Bouddha. Je lui ferai présent de mon jardin et j'irai chercher un refuge dans sa doctrine. » Mais aussitôt après, elle l'avait provoqué au jeu d'amour, l'enlaçant avec une ardeur douloureuse entremêlée de morsures et de pleurs, comme si elle eût voulu savourer jusqu'à la dernière goutte ce plaisir éphémère et vain ! Jamais Siddhartha n'avait vu d'une façon si étrangement claire à quel point la volupté était apparentée à la mort. Puis il était demeuré étendu à côté d'elle, et Kamala avait approché son visage du sien. Il avait alors lu, avec une impressionnante clarté, sous ses yeux et aux deux coins de sa bouche, cette écriture fatidique faite de lignes très fines et de légères brisures, qui le fit songer à l'automne et à la vieillesse, comme lorsque lui-même, Siddhartha, qui atteignait la quarantaine, avait découvert des cheveux blancs dans sa chevelure noire. Kamala portait sur son visage des traces de lassitude, de cette lassitude qu'on éprouve à marcher vers un but éloigné et sans joie, lassitude et commencement de flétrissure, angoisse encore dissimulée, qu'on n'ose s'avouer, dont on ne se rend peut-être pas encore compte soi-même et qui s'appelle la peur de vieillir, la peur de cet automne de la vie, la peur de devoir mourir un jour. Il avait pris congé d'elle en soupirant, l'âme remplie de dégoût et d'une anxiété mystérieuse.

Siddhartha avait ensuite passé la nuit chez lui à boire du vin avec des danseuses ; vis-à-vis des autres commerçants il s'était donné des airs d'homme supérieur, qu'il n'était plus ; il avait beaucoup bu et ne s'était couché que très tard, brisé de fatigue, mais dans un état de surexcitation extrême. Il avait la mort dans l'âme et se sentait un irrésistible besoin de pleurer. Son cœur lui semblait ne plus pouvoir contenir toute la peine qui l'emplissait, et le dégoût qu'il éprouvait le pénétrait tout entier, comme la répugnante saveur d'un vin tiède, comme le sourire fade des danseuses, l'odeur molle de leurs cheveux et de leurs chairs, ou le son énervant d'une musique trop douce et trop monotone. Mais ce qui l'écœurait plus que tout encore, c'était sa propre personne, ses cheveux parfumés, l'odeur de vin qu'exhalait sa bouche, l'abattement et le malaise qui l'accablaient. Comme celui qui, après avoir trop mangé ou trop bu, préfère supporter les spasmes du vomissement qui le soulagera, Siddhartha aurait aussi voulu, pendant cette nuit d'insomnie, se débarrasser une bonne fois de ces plaisirs, de ces habitudes, de toute cette vie absurde et de lui-même, dût-il, pour en arriver là, boire d'un coup toutes les hontes et souffrir toutes les douleurs ! Seulement aux premières lueurs du jour, quand la vie commença à reprendre dans la rue qu'il habitait, son agitation se calma un peu et il tomba, pendant quelques instants, dans une sorte de demi-assoupissement qui pouvait ressembler au sommeil. Il eut alors un rêve : il vit le petit oiseau chanteur très rare que Kamala tenait dans une cage dorée. Cet oiseau, qui habituellement saluait de son chant les premiers rayons du soleil, était devenu silencieux et il en fut frappé. S'étant alors approché de la cage il s'aperçut que la petite bête était morte. Il la retira, la tint un instant dans sa main et la jeta dans la rue. Au même moment il fut pris d'une grande frayeur et ressentit au cœur une douleur aussi aiguë que si, avec cet oiseau, il eût jeté loin de lui tout ce qui lui était cher. En sortant de ce rêve, il se sentit envahi d'une immense tristesse. Il lui sembla que toute l'existence qu'il avait menée jusqu'à ce jour était absurde et vide et qu'il n'en avait rien retiré de réconfortant, de précieux ou qui valût seulement la peine d'être conservé. Il se voyait isolé et pauvre comme le naufragé sur le rivage où la mer l'a jeté.

Triste, Siddhartha se rendit dans un des jardins qui lui appartenaient : il en ferma la porte à clef, s'assit à l'ombre d'un manguier et là, la mort et la frayeur dans l'âme, il sentit comme tout mourait en lui, se flétrissait, s'abîmait dans le néant. Recueillant peu à peu ses idées, il refit par la pensée tout le chemin de son existence, d'aussi loin qu'il put se souvenir. Quand donc avait-il goûté le bonheur, éprouvé une véritable joie ? Mais cela lui était arrivé plusieurs fois. Dans ses années d'enfance d'abord, quand il avait mérité les éloges des brahmanes, quand, plus avancé que les autres enfants de son âge, il s'était distingué par sa récitation des strophes sacrées ou dans ses joutes oratoires avec les savants, et quand il aidait aux cérémonies du sacrifice, c'est alors qu'il avait éprouvé la véritable joie. Ils lui avaient dit : « Un chemin s'ouvre devant toi, que tu es appelé à suivre, les dieux t'attendent. » Et plus tard, quand, jeune homme, le but toujours plus fuyant et plus élevé de la pensée l'eut attiré bien en avant du rang des autres concurrents, quand il se torturait l'esprit pour pénétrer le vrai sens de Brahma, quand toute connaissance acquise ne faisait qu'augmenter sa soif de science, c'était toujours la même voix secrète qui, au milieu de ses luttes ardentes et douloureuses, lui criait : « Va toujours ! va toujours ! Tu es appelé ! » Cette voix, il l'avait entendue au moment de quitter son pays pour aller mener la vie des Samanas ; il l'avait entendue quand il abandonna les Samanas pour se rendre auprès de l'Etre parfait ; il l'avait encore entendue quand il se sépara de Lui pour se lancer dans l'inconnu. Depuis combien de temps n'avait-il plus entendu cette voix, depuis combien de temps suivait-il un sentier plat et désert qui ne l'avait conduit à aucun sommet ?

Pendant des années, sans nobles aspirations, sans grandeur, il s'était contenté de mesquins plaisirs, et encore ceux-ci ne lui avaient-ils pas suffi ! Sans s'en rendre compte lui-même, il s'était efforcé, pendant tout ce temps, de réaliser son désir, d'être un homme comme les autres, ces grands enfants ! et il n'avait réussi qu'à rendre son existence plus misérable et plus vide que la leur, parce que leurs buts n'étaient pas les siens, pas plus que leurs soucis. Tout ce monde composé d'individus à la Kamaswami n'avait guère été pour lui qu'un spectacle, une sorte de danse que l'on regarde de loin, une comédie. Seule Kamala avait trouvé grâce à ses yeux ; elle seule lui avait été chère, mais l'était-elle encore ? Avait-il encore besoin d'elle ? ou elle de lui ? Ne se livraient-ils pas tous deux à un jeu sans fin ? Etait-il vraiment nécessaire de vivre pour cela ? Non, cela n'en valait pas la peine ! C'était là un jeu d'enfants, cela s'appelait Sansara ; on avait du plaisir à y jouer une fois, deux fois, dix fois même — mais le recommencer toujours, toujours ?...

Et Siddhartha savait que le jeu était fini, qu'il ne pouvait plus le recommencer. Un frisson courut sur tout son corps et pénétra jusqu'au fond de lui-même ; il sentit que quelque chose venait de mourir en lui.

Tout le jour il demeura assis sous le manguier, pensant à son père, à Govinda, se souvenant aussi de Gotama. Les avait-il donc tous quittés, pour devenir un Kamaswami ? Quand la nuit tomba, il était toujours là, assis. Plus tard, levant les yeux, il aperçut les étoiles et se dit : « Me voilà ici, dans mon jardin, sous mon manguier. » Un sourire passa sur ses lèvres : était-il donc nécessaire, était-il juste même de posséder un manguier, un jardin ? à quelle sorte de jeu insensé s'était-il donc laissé aller ? Et, sans hésiter, il brisa les liens qui l'attachaient à ces objets. Ce fut encore une chose qui mourut en lui. Il se leva, dit adieu à son arbre, à son jardin. Il était resté tout le jour sans manger et la faim lui torturait les entrailles. Il pensa à sa maison, à son appartement, à son lit, à sa table toujours abondamment servie. Il eut alors un sourire fatigué, il se secoua comme pour se débarrasser d'une entrave et il dit aussi adieu à ces choses.

Cette même nuit, dans l'espace d'une heure, Siddhartha avait abandonné son jardin et quitté la ville, pour n'y plus jamais revenir. Longtemps Kamaswami, qui le croyait tombé entre les mains des brigands, fit faire des recherches. Kamala, elle, ne fit point de recherches. En apprenant la disparition de Siddhartha, elle n'éprouva aucune surprise. Ne s'y était-elle pas toujours attendue ? N'était-il pas toujours resté Samana, c'est-à-dire le sans-foyer, l'éternel pèlerin ? A leur dernière rencontre, elle avait eu plus que jamais le pressentiment de ce qui devait arriver et maintenant elle était presque heureuse, dans la douleur de cette perte, de l'avoir encore senti, pour cette dernière fois, si vivement attiré vers son cœur, d'avoir été encore une fois si complètement possédée par lui.

Dès que la première nouvelle de la disparition de Siddhartha lui parvint, elle alla à sa fenêtre, où elle avait, dans une cage dorée, un petit oiseau chanteur d'une grande rareté. Elle en ouvrit la porte, prit l'oiseau et lui rendit la liberté. Longtemps elle suivit du regard le vol de la petite bête et à partir de ce jour, ne voulant plus voir personne, elle tint sa porte close. Mais peu de temps après elle constata que la dernière visite de Siddhartha aurait pour elle des suites : elle allait être mère.

AU BORD DU FLEUVE

Siddhartha marchait à travers la forêt. Il s'éloignait de la ville, n'ayant qu'une idée : ne plus revenir en arrière. Cette existence, qu'il avait menée pendant plusieurs années et dont il était saturé jusqu'au dégoût, était finie, bien finie. Le petit oiseau chanteur, dont il avait rêvé, était mort. Mort aussi celui qui avait chanté dans son cœur. Il se sentait complètement pris dans les mailles du Sansara. L'écœurement et la mort étaient entrés en lui par tous ses pores, comme l'eau dans une éponge jusqu'à ce qu'elle en soit tout imprégnée. L'écœurement, le désespoir et la mort habitaient dans son cœur ; plus rien au monde ne pouvait lui plaire, le réjouir, le consoler. Ce qu'il souhaitait le plus ardemment, c'était de ne plus rien savoir de soi-même, de trouver le repos, l'anéantissement. Si seulement un éclair pouvait le foudroyer, un tigre surgir et le dévorer ! N'y avait-il pas un vin, un poison qui lui donnât l'ivresse, l'oubli et le sommeil sans réveil ? Y avait-il encore quelque part une ordure dont il ne se fût pas encore souillé, une folie qu'il n'eût pas faite, un péché qu'il n'eût pas encore commis, un vide de l'âme qu'il n'eût point encore éprouvé ? Allait-il encore vivre ? Sa poitrine pouvait-elle donc encore se soulever pour aspirer l'air et le rejeter, pouvait-il encore sentir la faim, manger de nouveau, dormir, avoir une femme à ses côtés ? Sa course dans ce cercle devait-elle donc durer toujours ? Allait-il donc encore falloir la recommencer ?

Siddhartha arriva au grand fleuve, dans la forêt, à ce même fleuve qu'un passeur lui avait autrefois aidé à franchir, quand, jeune homme, il avait quitté la ville habitée par Gotama. Il y arrêta ses pas et resta debout sur la rive, hésitant. La fatigue et la faim l'avaient affaibli et, du reste, à quoi bon continuer de marcher ? vers quel but se serait-il dirigé ? Vraiment, de but il n'en avait plus ; il n'avait qu'un désir ardent et douloureux : échapper au cauchemar qui l'obsédait, vomir le vin fade qu'il avait absorbé, en finir une bonne fois avec cette existence de tortures et d'ignominies.

Sur le bord du fleuve, un arbre, un cocotier, avait poussé, le tronc incliné vers lui ; Siddhartha s'y appuya d'une épaule, l'enlaçant d'un de ses bras, et se mit à regarder l'eau verte qui coulait sous lui sans arrêt, et plus il regardait, plus il sentait grandir en lui le désir de s'y laisser choir et de s'y ensevelir. A ses regards s'offrait un vide effrayant qui ne répondait que trop au vide affreux de son âme. Oui, c'était pour lui la fin. Il n'avait plus qu'à éteindre sa misérable vie, qu'à mettre en pièces cette pauvre ébauche et en jeter les débris aux pieds des dieux moqueurs. C'était là le grand vomissement qu'il avait désiré : la mort, la destruction de ce moule qu'il avait fini par haïr ! Que les poissons se repaissent donc de la dépouille de Siddhartha, de ce fou à l'âme efféminée et pervertie, qu'ils dévorent son corps gâté et pourri ! Que les crocodiles en fassent leur pâture et que tous les démons se le partagent !

Le visage décomposé, il fixait obstinément l'eau qui lui renvoyait sa triste image. Il cracha de dégoût dans cette direction. La profonde fatigue qu'il ressentait lui fit détacher son bras du tronc. Il se pencha un peu pour se laisser tomber dans le gouffre et disparaître. Les yeux clos, il se laissait glisser vers la mort qui l'attirait.

C'est à ce moment que, dans les profondeurs les

plus mystérieuses de son âme, dans le plus lointain de sa misérable existence, il entendit un son : ce n'était qu'un mot, une syllabe, et sa voix l'avait proférée instinctivement comme un souffle : c'était le mot par lequel commencent et finissent toutes les invocations à Brahma, le mot sacré *Om* qui veut dire perfection ou accomplissement. Et dès l'instant que ce mot frappa l'oreille de Siddhartha, sa raison obscurcie s'éclaira tout à coup et lui montra la folie de l'acte qu'il allait commettre.

Il demeura un instant frappé de stupeur. En était-il donc arrivé à un tel degré d'égarement qu'il eût pu chercher la mort et laisser ce désir, bon pour un enfant, prendre corps dans son esprit : trouver le repos en se débarrassant de son corps ! Ce que toutes les tortures de ces derniers temps, tous les désenchantements, tous les désespoirs n'avaient pu faire, cette seconde lui avait suffi pour le réaliser, puisque, par ce seul mot *Om*, il avait repris conscience de lui-même, il s'était ressaisi dans sa misère et dans son erreur.

Om ! prononçait-il, *Om* ! et il se ressouvint de la vie indestructible et des choses de la divinité, qu'il avait oubliées.

Mais cela n'avait duré que l'espace d'un éclair. Vaincu par la fatigue, Siddhartha s'affaissa au pied du cocotier. Il appuya sa tête contre une racine de l'arbre et s'endormit profondément.

Son sommeil fut calme, sans rêve et tel qu'il n'en avait pas goûté depuis très longtemps. Quand il se réveilla, au bout de quelques heures, il lui sembla que dix années s'étaient écoulées ; il entendait le bruit léger de l'eau courante ; ne sachant plus où il se trouvait ni qui l'avait conduit ici, il ouvrit les yeux et s'étonna de voir des arbres et le ciel au-dessus de lui : il se souvint alors de l'endroit où il était et de la façon dont il y était venu. Mais il lui fallut assez longtemps pour mettre un peu d'ordre dans ses idées. Loin, infiniment loin de lui et comme à travers un horizon brumeux, il lui sembla voir ce qui avait été son passé, et cela le laissait maintenant tout à fait indifférent. Sa première impression, après être revenu à lui-même, fut que sa vie d'autrefois avait été une vie antérieure, à une époque très lointaine, une incarnation qui avait précédé la naissance de son moi actuel ; maintenant il ne savait qu'une chose : c'est qu'il avait abandonné cette vie antérieure, et que, le cœur soulevé de dégoût et brisé de douleur, il avait même voulu la jeter loin de lui comme une immondice, mais que, ayant repris ses sens au bord d'une rivière, il s'était endormi sous un cocotier, la parole sacrée *Om* sur les lèvres, et qu'à présent, éveillé, il se sentait un autre homme, aux yeux duquel le monde prenait un aspect tout nouveau. Doucement il prononça la parole sainte, au son de laquelle il avait cédé au sommeil, et il lui sembla que tout ce long sommeil n'avait été qu'une seule pensée, une pénétration, une fusion de tout son être dans l'Innommable, dans le Parfait. Et ce sommeil n'avait-il pas eu quelque chose de merveilleux ? Jamais, après avoir dormi, il ne s'était senti si reposé, si frais, si rajeuni ! Peut-être était-il vraiment mort, avait-il disparu de la terre pour y renaître sous une forme nouvelle ? Mais non, il se connaissait bien, il connaissait sa main, ses pieds, l'endroit même où il s'était couché, il connaissait bien aussi ce moi que celait sa poitrine, ce Siddhartha capricieux et bizarre ; mais c'était un Siddhartha transformé, renouvelé, singulièrement dispos et éveillé, rempli de gaieté et d'ardeur.

Siddhartha se redressa et vit alors, assis en face de lui, un homme, un étranger vêtu de la tunique jaune des moines, la tête rasée et dans l'attitude d'une profonde méditation. Il considéra cet homme qui n'avait ni chevelure ni barbe, et il ne lui fallut pas longtemps pour reconnaître dans ce moine son ami de jeunesse, Govinda, qui avait cherché un refuge dans le Sublime Bouddha. Lui aussi, Govinda, il avait vieilli, mais sur son visage c'étaient toujours les mêmes traits où se lisaient le zèle, la bonté, l'effort dans la méditation, l'hésitation. Quand Govinda, sentant son regard peser sur lui, leva les yeux et le fixa, Siddhartha s'aperçut qu'il ne le reconnaissait pas. Govinda paraissait heureux de le voir enfin éveillé, car il était là depuis longtemps sans doute, attendant son réveil, bien qu'il fût pour lui un étranger.

« J'ai dormi, lui dit Siddhartha. Comment se fait-il que tu te trouves en ces lieux ?

— Tu as dormi, en effet, répondit Govinda. Tu as été imprudent de t'endormir en un pareil endroit, où passent souvent les serpents et les bêtes de la forêt. Moi, je suis un des disciples du Sublime Gotama, le Bouddha, le Sakyamuni, et, en passant avec quelques-uns des nôtres, je t'ai trouvé là, endormi, en un lieu où il est dangereux de se reposer. Aussi ai-je essayé de te réveiller, ô étranger ; mais quand je vis que ton sommeil était trop profond pour t'y arracher, je suis resté en arrière des miens afin de veiller sur toi. Et puis, il me le semble : moi, qui devais faire attention à toi, j'ai aussi succombé au sommeil. J'ai bien mal rempli mon devoir ; la fatigue m'a vaincu. Mais puisque maintenant te voilà réveillé, laisse-moi rejoindre mes frères.

— Je te remercie, Samana, d'avoir veillé sur mon sommeil, dit Siddhartha. Vous tous, disciples du Sublime, vous êtes bien charitables. Va donc maintenant, puisque tu le veux.

— Oui, je m'en vais, étranger ; que ta santé reste toujours bonne !

— Je te remercie, Samana. »

Govinda fit un salut et dit : « Adieu. »

« Adieu, Govinda », répondit Siddhartha.

Le moine s'arrêta.

« Pardon, ô étranger, comment sais-tu mon nom ? »

Siddhartha sourit. « Je t'ai connu, ô Govinda, dans la cabane de ton père, à l'école des brahmanes, aux cérémonies des sacrifices, quand nous allâmes ensemble chez les Samanas, et à l'époque où, dans le bois de Jetavana, tu trouvas un refuge dans la doctrine du Sublime.

— Siddhartha ! tu es Siddhartha ! s'écria Govinda. Je te reconnais maintenant et je ne comprends pas comment je ne t'ai pas reconnu tout de suite. Sois le bienvenu, ô Siddhartha, que je suis heureux de te revoir !

— Moi aussi, je suis heureux de te retrouver. Tu as été le gardien de mon sommeil, laisse-moi t'en remercier encore, bien qu'il ne fût point nécessaire de veiller sur moi. Mais où vas-tu, ô mon ami ?

— En vérité, nulle part. Nous autres moines, nous sommes toujours en route ; tant que dure la belle saison, nous allons d'un endroit à un autre ; soumis à notre règle, nous prêchons la doctrine, nous recevons les aumônes et nous continuons ainsi, toujours. Mais toi, Siddhartha, où vas-tu ? »

Siddhartha répondit : « Il en est de même pour moi, mon ami. Je vais toujours... sans aller nulle part. Je suis un pèlerin. »

Govinda dit alors : « Tu vas toujours..., dis-tu, tu es un pèlerin ; je te crois. Pourtant, excuse ma remarque, ô Siddhartha, tu ne ressembles guère à un pèlerin. Tu es vêtu comme les riches, tu portes des chaussures comme les gens les plus distingués, et ta chevelure, qui exhale une odeur d'eau parfumée, n'est point celle d'un pèlerin, ni d'un Samana.

— Tu as raison, mon ami, ton observation est juste et je vois que rien n'échappe à tes regards. Mais je ne t'ai pas dit non plus que je suis Samana. Je t'ai dit que je suis toujours en route, comme un pèlerin. Et c'est bien vrai.

— Comme un pèlerin, répéta Govinda. Mais il y a bien peu de pèlerins qui soient vêtus comme toi, bien peu qui aient de pareilles chaussures, et bien peu des cheveux comme les tiens. Moi qui suis pèlerin depuis tant d'années je n'en ai jamais rencontré de pareils.

— Je veux bien le croire, mon bon Govinda. Eh bien, aujourd'hui, pour la première fois, tu en as trouvé un sur ta route avec de pareils souliers et un pareil vêtement. Rappelle-toi ceci, mon ami : le monde que nous voyons est sujet aux changements, nos vêtements changent, notre coiffure change, nos cheveux et notre corps lui-même changent. Je porte les habits d'un riche ; je porte la coiffure des gens du monde et des viveurs, parce que je fus aussi un de ceux-là.

— Et maintenant, Siddhartha, qu'est-ce que tu es, maintenant ?

— Je l'ignore moi-même, je l'ignore autant que toi. Je suis en route pour une destination inconnue. J'étais riche et je ne le suis plus. Que serai-je demain ? je ne le sais pas.

— Tu as donc perdu tes richesses ?

— Je les ai perdues, ou plutôt c'est moi qui les ai abandonnées. Elles se sont détachées de moi. La roue des transformations tourne vite, ô Govinda. Qu'est devenu le brahmane Siddhartha ? Qu'est devenu le Samana Siddhartha ? Qu'est devenu le riche Siddhartha ? Tout passe vite, tu le sais, ô Govinda. »

Longtemps Govinda considéra son ami d'enfance avec un doute dans les yeux. Puis il le salua comme on salue une personne d'un haut rang et reprit sa route.

Siddhartha, le visage souriant, le regarda s'éloigner, car il l'aimait toujours ce fidèle, cet hésitant Govinda. Du reste, à cet instant où il se sentait lui-même si heureux après ce sommeil merveilleux, comment aurait-il pu ne pas aimer quelqu'un ou quelque chose ! C'était justement là le charme qui avait agi en lui, pendant qu'il dormait, et qui l'emplissait maintenant de joie et d'amour pour tout ce qu'il voyait. Et c'était aussi, du moins il se l'imaginait, cette impuissance à aimer qui et quoi que ce fût, qui l'avait rendu si malade.

Toujours souriant, Siddhartha suivait des yeux le moine qui s'en allait. Le sommeil lui avait rendu des forces, mais la faim le tourmentait, car il n'avait rien mangé depuis deux jours et les temps étaient loin où il pouvait la narguer sans souffrir.

Il songeait au passé avec un mélange de tristesse et de joie.

Autrefois, pensait-il, il s'était vanté devant Kamala de savoir trois choses : supporter la faim, attendre et penser. Cela c'était son bien, sa puissance et sa force, son appui le plus solide, ces trois arts qu'il avait appris au temps de sa laborieuse et dure jeunesse, c'était tout ce qu'il savait. Et maintenant de ces trois arts il n'en possédait plus un seul. Il ne savait plus ni jeûner, ni attendre, ni penser. Il les avait sacrifiés à ce qu'il y a de plus misérable, de plus éphémère : à la luxure, au bien-être et à la richesse ! Quelle singulière destinée avait été la sienne ! Et maintenant, seulement maintenant il lui semblait devenir vraiment un homme.

Siddhartha réfléchit à sa situation. Penser était pour lui chose difficile et, à vrai dire, il n'en avait nulle envie ; mais il s'y contraignit.

« Maintenant, se dit-il, que toutes ces choses périssables se sont de nouveau détachées de moi, me voilà encore seul sous le soleil, comme autrefois quand je n'étais qu'un petit enfant : je n'ai plus rien, je ne sais rien, je ne suis capable de rien, puisque je n'ai rien appris. Quel singulier état que le mien ! A présent que je ne suis plus jeune, que mes cheveux sont déjà presque tout gris, que mes forces diminuent, je dois tout recommencer, comme si je n'étais qu'un enfant ! Il ne put s'empêcher de sourire à cette pensée. En effet, bizarre était sa destinée. Au lieu d'avoir avancé, il était revenu sur ses pas et se trouvait encore seul au monde, les mains vides et dénué de tout. Et malgré cela il n'éprouvait aucun chagrin ; au contraire, il se sentait plutôt porté à rire de cette situation, à rire de lui-même et du monde entier qui lui apparaissait si grotesque et si fou.

— Allons, se dit-il, je suis ma pente [1]. Cette pensée le fit rire, et, comme, il prononçait ces mots, ses regards s'arrêtèrent sur le fleuve. Lui aussi glissait sur sa pente, poursuivant sa course à travers les campagnes, descendant toujours en faisant entendre sa gaie chanson, son joyeux murmure. Cette constatation lui plut et il envoya au fleuve un sourire amical. N'était-ce pas ce même fleuve dans lequel il avait voulu se noyer, un jour, il y avait peut-être un siècle ? ou bien cela n'était-il qu'un rêve ? »

« Quelle drôle d'existence que la mienne ! pensait-il ; et par quels singuliers détours m'a-t-elle fait passer ! Quand j'étais petit garçon ; je ne m'occupais que des dieux et des sacrifices. Jeune homme, je ne songeais qu'aux exercices spirituels, à la réflexion et aux méditations ; je cherchais Brahma et je vénérais l'Eternel dans Atman. Un peu plus tard, je me joignis aux moines pénitents, vivant dans la forêt, souffrant de la chaleur et du froid ; j'appris à jeûner et à tuer lentement mon corps. Ensuite ce fut la Connaissance qui se manifesta à moi d'une façon si miraculeuse par la doctrine du grand Bouddha, et la science de l'Unité du Monde que je m'assimilai au point de l'identifier avec moi-même. Mais j'ai dû aussi m'éloigner de cette science, comme je me suis éloigné de Bouddha. Je rencontrai Kamala qui m'enseigna les plaisirs de l'amour ; j'appris chez Kamaswami à faire du négoce, je gagnai de l'argent, je le gaspillai, j'appris à faire bonne chère et à flatter mes sens. J'employai des années à me gâter l'esprit, à désapprendre l'art de penser, à oublier l'Unité. Ne dirait-on pas que peu à peu et par un long détour, je me suis évertué à faire de l'homme que j'étais, du penseur, un enfant ? Et pourtant, ce détour doit avoir du bon, puisque l'oiseau qui chantait autrefois dans ma poitrine n'est pas mort. Mais quel chemin j'ai suivi !

---

1. Il y a ici un jeu de mots intraduisible : *abwärts geht es mit mir :* « Cela va mal pour moi », et *den Fluss sah er abwärts gehen :* « Il regarde le fleuve couler. »

Quand je pense qu'il m'a fallu passer par tant de sottises, par tant de vices, d'erreurs, de dégoûts, de désillusions et de misères pour en arriver à n'être plus qu'un enfant et à tout recommencer ! Mais c'était pour mon bien ; mon cœur me le dit, et la joie qui est dans mes yeux me le dit aussi. Il m'a fallu vivre dans le désespoir, m'avilir jusqu'à la plus lâche des pensées, celle du suicide, pour obtenir mon pardon, entendre de nouveau *Om*, goûter le vrai sommeil et le véritable réveil. Il m'a fallu passer par la folie pour arriver jusqu'à Atman. Il m'a fallu succomber au péché pour renaître à la vie. Où la route que je suis me conduira-t-elle ? N'est-elle pas absurde, cette route, ne me mène-t-elle pas en courbes, peut-être même en cercle ? Qu'elle soit comme elle voudra, je la suivrai. »

Il se sentait gonflé d'une joie indicible.

« D'où te vient cette allégresse ? demanda-t-il à son cœur. Serait-ce de ce long et si bienfaisant sommeil ? ou de la parole *Om* que je prononçai ? Ne serait-ce pas plutôt de m'être échappé, d'être parti sans idée de retour et de me sentir maintenant aussi libre que l'oiseau dans le ciel ? Oh ! quelle bonne chose que cette fuite, que cette liberté retrouvée ! Comme ici l'air est bon et pur, et quel plaisir de l'aspirer ! Là-bas, où j'étais, on ne respirait que des odeurs d'onguent, d'épices, de vin, de toutes sortes de choses inutiles, et de paresse. Que je l'ai donc haï ce monde de riches, de viveurs, de joueurs ! Que je me suis donc haï moi-même de rester si longtemps dans cette affreuse société ! M'y suis-je assez vilipendé, assez sacrifié, empoisonné, torturé ! Ce n'est pas tout : j'y suis encore devenu vieux et méchant. Et moi qui m'imaginais volontiers que Siddhartha était un sage ! Désormais cela ne m'arrivera plus. En vérité, je suis content et fier d'avoir mis fin, comme je l'ai fait, à cette haine que j'éprouvais contre moi-même, en même temps qu'à l'existence stupide et vide que je menais. Je te félicite, Siddhartha ; après toutes tes années de démence, tu as eu enfin une idée raisonnable, tu as fait quelque chose de bien, tu as entendu chanter le petit oiseau dans ta poitrine et tu as obéi à sa voix. »

C'est ainsi qu'il se louait et témoignait sa satisfaction de lui-même, tout en prêtant l'oreille aux plaintes de son estomac que la faim tiraillait. Il sentait bien que dans ces derniers temps et surtout dans ces derniers jours il avait vidé jusqu'à la dernière goutte le contenu amer de la coupe, pour vomir ensuite toute la misère dans un hoquet de désespoir et de mort. Et c'était bien ainsi. Il aurait pu rester longtemps encore avec Kamaswami, continuer à gagner et à gaspiller de l'argent, à se gaver de toutes sortes de mets, en laissant mourir sa pauvre âme altérée ; il aurait pu demeurer longtemps encore dans cet enfer où régnaient la mollesse et la volupté, si la détresse et le désespoir ne l'en eussent pas arraché pour le conduire, au paroxysme de la crise, sur la rive de ce fleuve où il décida de mettre fin à ses tortures. Avoir été en proie à ce désespoir, à ce profond écœurement de tout, et n'y avoir point cédé, avoir senti vivre encore en lui le petit oiseau, source et vie de son âme, c'est ce qui faisait maintenant sa joie et éclairait d'un rayon de bonheur son visage sous ses cheveux grisonnants.

« Il est bon, se répétait-il, d'avoir appris à ses dépens ce qu'on a besoin de savoir. Même quand j'étais enfant je n'ignorais pas que les plaisirs du monde et les richesses ne valent pas grand-chose. Je le savais depuis longtemps ; mais ce n'est qu'à présent que j'en ai fait l'expérience. Maintenant j'en suis instruit ; je le suis non seulement par ma mémoire, mais par mes yeux, par mon cœur, par mon estomac. Et c'est tant mieux pour moi ! »

Longtemps encore il demeura plongé dans ses réflexions, écoutant le chant joyeux de son petit oiseau. Il n'était donc pas mort, comme il croyait l'avoir remarqué ? Non ! mais autre chose en lui était mort, qui demandait depuis longtemps à mourir. N'était-ce pas justement ce qu'il avait essayé de

détruire, pendant les années si ardemment consa-
crées à la pénitence ? N'était-ce pas son moi, ce moi
mesquin, anxieux et orgueilleux contre lequel il avait
lutté tant d'années, qui l'avait toujours vaincu et qui
renaissait après chaque victoire pour lui interdire la
joie et lui inspirer la crainte ? N'était-ce pas lui qui
aujourd'hui avait été définitivement anéanti, là, dans
la forêt, sur le bord de ce joli fleuve ? Et n'était-ce pas
cet anéantissement qui le rendait maintenant aussi
confiant qu'un enfant, qui bannissait de lui la crainte
et le comblait de joie ?

Alors Siddhartha commença à se rendre compte
des raisons pour lesquelles, quand il était brahmane
et moine pénitent, il avait lutté en vain contre ce
moi. Ce qui l'avait empêché de vaincre, c'était l'abus
de la science, des vers sacrés, des prescriptions
rituelles, de la mortification, de l'action et du zèle ! Il
avait été orgueilleux parce qu'il était toujours le plus
intelligent, toujours le plus assidu, toujours en
avance sur tous les autres : c'était lui le Prêtre, le
Sage. Et c'était dans ce sacerdoce, dans cet orgueil,
dans cette intelligence que s'était glissé son moi, qu'il
s'était installé, tandis qu'il s'imaginait pouvoir le tuer
par les jeûnes et les pénitences. A présent il voyait
bien que la voix mystérieuse avait eu raison et
qu'aucun maître n'aurait jamais pu le sauver. C'est
pour cela qu'il avait dû aller dans le monde où il
s'était perdu au milieu des plaisirs et des richesses
auprès des puissants et des femmes, qu'il était
devenu commerçant, joueur, buveur et cupide
jusqu'à ce que le prêtre et le Samana périssent en lui.
C'est pour cela qu'il avait dû continuer à supporter
ces affreuses années d'une existence écœurante,
absurde et vide, jusqu'à ce qu'il tombât dans le désespoir le plus amer, jusqu'à ce que l'homme de débauches, l'homme avide de richesses qu'était Siddhartha
fût mort. Et il était mort en effet ; car du sommeil de
l'ancien Siddhartha un nouveau Siddhartha était né.
Celui-là aussi deviendrait vieux et il lui faudrait aussi
mourir un jour : Siddhartha passerait, comme pas-

sent toutes choses. Mais pour l'instant il se sentait plein de jeunesse et, comme un enfant, il s'abandonnait tout entier à la joie.

Ces pensées occupaient son esprit, tandis que, toujours souriant, il écoutait les bruits de son estomac vide et le bourdonnement d'une abeille. Satisfait, il contemplait l'eau du fleuve qui coulait et jamais il n'y avait pris tant de plaisir. Jamais il n'avait discerné d'une façon si agréable et si claire la voix et l'enseignement de cette eau fuyante. Il crut comprendre que le fleuve avait quelque chose de particulier à lui dire, quelque chose qu'il ignorait encore et qui l'attendait. Et c'est dans ce fleuve que Siddhartha avait voulu terminer ses jours ! En réalité c'était bien dans ses flots bouillonnants que l'ancien Siddhartha, fatigué et désespéré, s'était enseveli aujourd'hui. Mais l'homme nouveau qu'il était les aimait déjà profondément et, intérieurement, décidait de ne pas s'en éloigner de si tôt.

TROISIÈME PARTIE

LE PASSEUR

« Je resterai sur les bords de ce fleuve, se dit Siddhartha ; c'est celui que je traversai autrefois en me rendant chez les hommes ; le passeur qui me mena alors sur cette rive était un homme bon et aimable. Puisque c'est de sa cabane que je partis pour une vie nouvelle dont plus rien ne subsiste maintenant, que la voie dans laquelle je m'engage aujourd'hui, que cette nouvelle existence commence aussi au même endroit ! »

Il considérait d'un œil attendri l'eau courante du fleuve, sa couleur d'un vert diaphane et les lignes cristallines de ses mystérieux dessins. Il voyait des perles brillantes monter de ses profondeurs et, à sa surface, des globules qui flottaient doucement et dans lesquels se reflétaient les teintes azurées du ciel. Le fleuve aussi le regardait de ses mille yeux verts, blancs, bleus, argent. Le sentiment qu'il éprouvait pour lui c'était à la fois de l'amour, du charme, de la gratitude. Dans son cœur il écoutait parler la voix qui s'était réveillée et qui lui disait : « Aime-les, ces eaux. Demeure auprès d'elles. Apprends par elles ! » Oui, il apprendrait par elles, il devinerait leurs secrets, il acquerrait le don de comprendre les choses, toutes les choses, et de pénétrer dans leur mystère.

Pour le moment, de tous les secrets que recelait le fleuve il n'en devina qu'un, mais qui l'impressionna vivement : c'est que cette eau coulait, coulait toujours, qu'elle coulait continuellement, sans cesser un seul instant d'être là, présente, d'être toujours la même, tout en se renouvelant sans interruption ! Comment expliquer, comment comprendre cette chose extraordinaire ? Lui, il ne la comprenait pas ; il n'en avait qu'une vague intuition ; dans son esprit s'éveillaient de lointains souvenirs, des voix divines parlaient à ses oreilles.

Siddhartha se leva ; ses entrailles, tenaillées par la faim, lui causaient des douleurs insupportables. Tout à ses pensées, il reprit néanmoins sa route en suivant le sentier qui remontait le fleuve dont le bruissement accompagnait les rumeurs de son estomac en révolte.

Quand il arriva à l'endroit où atterrissait habituellement le bac, il l'y trouva justement tout prêt à le recevoir. Le passeur, qui s'y tenait debout, était bien le même qui avait autrefois fait traverser le fleuve au jeune Samana. Siddhartha le reconnut aussitôt ; lui aussi avait beaucoup vieilli.

« Veux-tu me passer de l'autre côté ? » demanda-t-il. Le passeur, étonné d'avoir devant lui un homme si bien mis, qui voyageait à pied et sans suite, le reçut dans son bateau qui s'éloigna aussitôt de la rive.

« C'est une belle vie que tu mènes là, dit le voyageur. Il doit être bien agréable de passer son existence au bord de ce fleuve et sur ses eaux. »

Le rameur se balançait en souriant : « Tu dis vrai, Maître, c'est agréable. Mais la vie, quelle qu'elle soit, n'est-elle pas belle, chaque travail n'a-t-il pas aussi sa beauté ?

— C'est possible. Mais le tien surtout me semble digne d'envie.

— Ah ! tu finirais peut-être par trouver qu'il manque de charme. Ce n'est pas un métier pour des gens vêtus comme toi de beaux habits. »

Siddhartha se mit à rire.

« C'est la seconde fois aujourd'hui que mes vêtements attirent sur moi l'attention, l'attention et la méfiance. Ecoute, passeur, ne voudrais-tu pas accepter ces habits qui me pèsent ? Sache, du reste, que je ne possède aucun argent pour te payer de ta peine.

— Vous plaisantez, Maître, dit en riant le passeur.

— Je ne plaisante pas, mon ami. Tiens, une fois déjà, il y a longtemps, tu m'as passé sur ce fleuve, dans ton bateau, pour l'amour de Dieu. Fais-le encore aujourd'hui et accepte mes vêtements en paiement.

— Et alors, Maître, vous continueriez votre route sans vêtements ?

— Ah ! j'aimerais bien mieux ne pas continuer mon voyage. Ce que je préférerais à tout, ce serait que tu me donnes un vieux tablier et que tu me gardes auprès de toi pour t'aider. Je serais ton apprenti, car je devrais d'abord apprendre à conduire le bateau. »

Le passeur considéra longtemps l'étranger en cherchant dans sa mémoire, puis il dit :

« Maintenant, je te reconnais. C'est toi qui autrefois as passé une nuit dans ma cabane, il y a longtemps, il y a peut-être même plus de vingt ans ; je te transportai de l'autre côté du fleuve et nous prîmes congé l'un de l'autre en bons amis. N'étais-tu pas Samana alors ? Ton nom ne me revient plus à la mémoire.

— Je m'appelle Siddhartha et j'étais bien Samana la dernière fois que tu me vis.

— Sois le bienvenu, Siddhartha. Moi, je me nomme Vasudeva. J'espère qu'aujourd'hui encore tu seras mon hôte et que tu dormiras sous mon toit. Tu me raconteras d'où tu viens et pourquoi les beaux habits que tu portes te sont devenus à charge. »

Ils avaient atteint le milieu du fleuve et Vasudeva appuyait plus fortement sur les rames pour lutter contre le courant. Ses bras robustes accomplissaient leur travail posément, tandis que ses yeux restaient fixés sur l'avant du bateau. Siddhartha, assis, le regardait, se souvenant qu'à ce dernier jour de son temps de Samana il s'était senti pris d'une vive sympathie pour cet homme. Il accepta avec reconnaissance l'invitation de Vasudeva. Quand ils abordèrent il l'aida à attacher le bateau au pieu ; puis le passeur le pria d'entrer dans sa cabane où il lui offrit du pain et de l'eau. Siddhartha but et mangea avec appétit le pain et aussi des prunes de manguier que Vasudeva lui présenta.

Ils allèrent ensuite s'asseoir sur un tronc d'arbre au bord du fleuve. Le soleil commençait à disparaître à l'horizon, et Siddhartha dit au passeur d'où il venait, puis il lui raconta sa vie telle qu'elle s'était montrée à ses yeux au moment où il avait subi sa crise de désespoir. Son récit dura jusqu'au milieu de la nuit.

Vasudeva l'écoutait avec la plus grande attention. Tout ce qu'il lui disait trouvait un écho dans son âme : ses origines, son enfance, son besoin de savoir, ses recherches, ses joies, sa détresse. L'une des grandes qualités du passeur c'est qu'il savait écouter comme peu de gens le savent. Son interlocuteur sentait que, sans avoir prononcé un seul mot, Vasudeva, immobile et attentif, lui ouvrait son âme toute grande. Il ne lui échappait aucune parole, il n'en attendait aucune avec impatience, il n'avait pour aucune ni éloge ni blâme : il écoutait. Siddhartha se rendait compte du bonheur que l'on peut ressentir à se confier à un pareil auditeur, à y épancher dans son cœur toutes les peines, toutes les tribulations, tous les désirs d'une misérable vie !

Mais quand le récit de Siddhartha toucha à sa fin, qu'il lui parla de l'arbre au bord du fleuve, de sa chute profonde, de l'*Om* sacré et du vif attachement dont il s'était pris pour le fleuve après son sommeil, le passeur, complètement subjugué, l'écouta, les yeux clos, avec un redoublement d'attention.

Quand Siddhartha s'arrêta de parler, il y eut un long silence que Vasudeva rompit par ces mots : « C'est bien ainsi que je me figurais la chose : le fleuve t'a parlé ! Il est aussi ton ami ; il te parle. Cela est bien, cela est très bien. Reste auprès de moi,

Siddhartha, mon ami. Autrefois j'avais une femme, sa couche était auprès de la mienne ; mais il y a longtemps qu'elle est morte et moi je vis seul depuis longtemps. Eh bien, tu vivras désormais avec moi ; il y a de la place et du pain pour deux.

— Je te remercie, dit Siddhartha, je te remercie et j'accepte. Et je te remercie aussi, Vasudeva, de m'avoir écouté si attentivement. Bien rares sont les gens qui savent vraiment écouter. Je n'en ai jamais rencontré qui l'aient su comme toi. Et en ceci j'apprendrai aussi quelque chose de toi.

— Tu l'apprendras, fit Vasudeva, mais pas de moi. C'est le fleuve qui m'a enseigné à écouter, il te l'enseignera à toi aussi. Il sait tout, le fleuve, et il peut tout enseigner. Tiens, ses eaux t'ont déjà appris qu'il est bon de chercher à descendre, de s'abaisser, de s'enfoncer. Siddhartha, qui était riche et honoré, va devenir un simple aide-rameur ; le savant brahmane Siddhartha se fait passeur : encore une chose que le fleuve t'a dite. Il y en a encore une autre qu'il t'apprendra. »

Siddhartha demanda, après un long moment de silence : « Laquelle donc, Vasudeva ? »

Vasudeva se leva. « Il se fait tard, dit-il, allons dormir. Je ne puis te dire cette "autre" chose, ami. Tu l'apprendras ; peut-être même la sais-tu déjà. Tiens, je ne suis pas un savant, moi, je ne sais pas parler et j'ignore l'art de penser. Tout mon talent c'est de savoir écouter et d'être juste, autrement je n'ai rien appris. Si je possédais le don de l'exprimer et de l'enseigner, je pourrais peut-être passer pour un sage ; tel que tu me vois je ne suis qu'un batelier dont la tâche consiste à transporter les gens d'un bord à l'autre de ce fleuve. Nombreux sont ceux que j'ai passés : des milliers, et pour eux tous mon fleuve n'a jamais été qu'un obstacle. Les uns s'étaient mis en route pour gagner de l'argent et pour leurs affaires, les autres pour aller à des noces, à des pèlerinages ; tous étaient arrêtés par le fleuve ; mais le passeur n'était-il pas là pour leur faire franchir rapidement cet obstacle ? Cependant, pour quelques-uns, très peu, quatre ou cinq sur ces milliers, pour ceux-là le fleuve cessa d'être un obstacle ; ils ont entendu sa voix, ils l'ont écoutée et le fleuve leur est devenu sacré comme il me l'est devenu à moi-même. Maintenant, Siddhartha, allons nous coucher. »

Siddhartha resta auprès du passeur et apprit à se servir lui aussi du bateau. Quand il n'était pas occupé à passer, il travaillait dans une rizière avec Vasudeva, ramassait du bois ou cueillait des bananes. Il sut bientôt fabriquer des rames, réparer le bateau, tresser les corbeilles et s'intéressait vivement à tout ce que son compagnon lui enseignait. Les jours et les mois s'écoulaient rapidement. Mais si Vasudeva pouvait lui enseigner beaucoup de choses, le fleuve lui en enseignait davantage et cet enseignement durait sans interruption. La première chose qu'il apprit ce fut à écouter, à écouter d'un cœur tranquille, l'âme ouverte et attentive, sans passion, sans désir, sans jugement, sans opinion. Il vivait aux côtés de Vasudeva dans la plus étroite amitié et si parfois ils échangeaient quelques propos, ce n'était que pour se dire des choses brèves et mûrement réfléchies. Vasudeva n'aimait pas les longs discours et Siddhartha arrivait rarement à le faire parler. Un jour il lui posa cette question : « Est-ce que le fleuve t'a aussi initié à ce mystère : que le temps n'existe pas ?

— Oui, Siddhartha, lui répondit-il. Tu veux dire sans doute que le fleuve est partout simultanément : à sa source et à son embouchure, à la cataracte, au bac, au rapide, dans la mer, à la montagne : partout en même temps, et qu'il n'y a pas pour lui la moindre parcelle de passé ou la plus petite idée d'avenir, mais seulement le présent ?

— C'est cela, dit Siddhartha. Et quand j'eus appris cela, je jetai un coup d'œil sur ma vie, et elle m'apparut aussi comme un fleuve, et je vis que Siddhartha petit garçon n'était séparé de Siddhartha homme et de Siddhartha vieillard par rien de réel, mais seulement par des ombres. Les naissances antérieures de Siddhartha n'étaient pas plus le passé que sa mort et son retour à Brahma ne seront l'avenir. Rien ne fut, rien ne sera ; tout est, tout a sa vie et appartient au présent. »

Siddhartha parlait avec enthousiasme, car la lumière qui s'était faite en lui le comblait de joie. Oh ! toute souffrance n'était-elle donc pas dans le temps, toute torture de soi-même, toute crainte, n'étaient-elles pas aussi dans le temps ? Est-ce que tout ce qui dans le monde pesait sur nous ou nous était hostile ne disparaissait pas et ne se surmontait pas dès qu'on avait vaincu le temps, dès que par la pensée on pouvait faire abstraction du temps ?

Il avait parlé dans une sorte de ravissement. Vasudeva, rayonnant, le regardait avec un sourire, et il approuvait d'un mouvement de tête, gardant toujours le silence. Il passa la main sur l'épaule de Siddhartha, puis il retourna à son travail.

Et une autre fois que le fleuve, gonflé par l'eau des pluies, faisait entendre son puissant rugissement, Siddhartha lui dit : « N'est-ce pas, mon ami, que le fleuve a beaucoup, beaucoup de voix ? N'a-t-il pas la voix d'un souverain et celle d'un guerrier, celle d'un taureau et celle d'un oiseau de nuit, celle d'une femme en couches et celle d'un être qui soupire, et mille autres voix encore ?

— C'est la vérité, acquiesça Vasudeva, toutes les voix de la création se retrouvent dans la sienne.

— Et sais-tu, poursuivit Siddhartha, quelle parole il prononce, quand tu réussis à entendre d'un coup ses dix mille voix ? »

La figure de Vasudeva s'épanouit ; il se pencha vers Siddhartha et lui souffla à l'oreille la parole sacrée *Om*. Et c'était justement ce que Siddhartha avait entendu. Aussi chaque fois son sourire ressemblait davantage à celui du passeur, mettant presque le même rayonnement sur son visage, l'éclairant presque comme le sien de toute la joie de son âme, l'illuminant de ses mille petites rides : c'était le même sourire enfantin, le même sourire de petit vieux. Nombre de voyageurs, en voyant les deux passeurs, les prenaient pour deux frères. Souvent, le soir, ils s'asseyaient ensemble sur le tronc d'arbre au bord du fleuve et tous deux, silencieux, écoutaient le bruit de l'eau, qui, pour eux, n'était pas une eau ordinaire, mais la voix des choses vivantes, la voix de ce qui est, la voix de l'éternel Devenir. Et il arrivait souvent qu'en écoutant le fleuve, tous deux pensaient aux mêmes choses, à un entretien de la veille, à un de leurs voyageurs dont l'aspect et le sort les intéressaient, à la mort, à leur enfance ; et il arrivait aussi qu'au moment même où le fleuve leur avait dit quelque chose, tous les deux se regardaient, ayant exactement la même pensée, tous les deux heureux d'avoir obtenu la même réponse à une même question.

Il émanait de ces deux passeurs et de l'endroit où ils vivaient une sorte de charme qui frappait maints voyageurs. Aussi arrivait-il parfois que l'un d'eux, après avoir rencontré les regards de l'un ou l'autre passeur, se mettait à lui raconter sa vie, ses peines, reconnaissait ses torts, demandait un conseil et une consolation. Parfois l'un d'eux priait les passeurs de lui permettre de rester une soirée en leur compagnie pour écouter le fleuve, des curieux se présentaient aussi, auxquels on avait raconté qu'à cet endroit du fleuve vivaient deux sages, peut-être deux magiciens ou deux saints. Ces curieux posaient toutes sortes de questions, mais ils ne recevaient aucune réponse et ne découvraient ni magiciens ni sages, mais seulement deux bons petits vieux aux allures bizarres, qui semblaient muets et un peu faibles d'esprit. Et les curieux riaient et se disaient en parlant d'eux que les gens étaient bien sots et bien crédules de propager ainsi des bruits dénués de tout fondement.

Les années passaient et aucun des deux ne les comptait. Un jour des moines vinrent, qui allaient en pèlerinage. C'étaient des disciples de Gotama, le Bouddha. Ils demandèrent à être conduits sur l'autre rive et les passeurs apprirent par eux qu'ils se rendaient en toute hâte auprès de leur célèbre maître ; car la nouvelle s'était répandue que le Sublime était à la dernière extrémité et qu'il allait bientôt mourir de sa dernière mort pour arriver à la libération finale. Peu après, ce fut une nouvelle troupe de moines-pèlerins et puis une autre, et les moines ainsi que la plupart des autres voyageurs ne parlaient que de Gotama et de sa fin prochaine. Et c'était comme pour une expédition guerrière ou le couronnement d'un roi : les hommes venaient en foule de partout, ils s'assemblaient tels des fourmis en une interminable procession ; ils affluaient, comme attirés par un charme, vers l'endroit où le grand Bouddha attendait la mort, où l'irréparable allait s'accomplir, où l'Etre le plus parfait qui eût existé allait entrer dans la gloire.

A ce moment-là, Siddhartha pensa souvent au Sage qui se mourait, à l'illustre Maître dont la voix avait exhorté au bien des peuples entiers, avait tiré de leur torpeur des millions d'individus. Cette voix, il l'avait entendue, lui aussi, un jour ; sa face de Saint, il l'avait aussi contemplée une fois avec vénération. Il se souvenait de lui avec un sentiment de satisfaction, il voyait clairement devant lui le chemin qui mène à la perfection et évoquait, avec un sourire, les paroles que tout jeune homme il avait adressées au Sublime. C'était, lui semblait-il maintenant, de ces paroles fières et prétentieusement sages, dont le seul souvenir le faisait sourire. Depuis longtemps il savait que plus rien ne le séparait de Gotama, dont il n'avait cependant pu embrasser la doctrine. Non, le vrai chercheur, celui qui a vraiment le désir de trouver, ne devait embrasser aucune doctrine. Par contre, celui qui avait trouvé pouvait les admettre toutes, comme il pouvait admettre toutes les voies, toutes les fins. Plus rien ne le séparait de ces milliers d'autres doctrines issues de l'Eternel et toutes imprégnées du Divin.

Un de ces jours où tant de gens se dirigeaient vers

le Bouddha moribond, celle qui avait été autrefois la plus belle des courtisanes, Kamala, voulut aussi se rendre auprès de lui. Depuis longtemps elle avait renoncé à son ancienne existence et fait don de ses jardins aux moines de Gotama. Elle s'était réfugiée dans sa doctrine et comptait maintenant parmi les amies et les bienfaitrices des pèlerins. A la nouvelle de la fin prochaine de Gotama, elle était partie à pied, simplement vêtue, emmenant avec elle son fils, le petit Siddhartha, avec qui elle poursuivait sa route le long du fleuve ; mais l'enfant s'était vite fatigué. Il demandait à retourner à la maison, à se reposer, il voulait manger, se fâchait et pleurait. Kamala était obligée de s'arrêter souvent ; il était habitué à lui opposer sa volonté ; elle devait le faire manger, elle devait le consoler, elle devait le gronder. Il ne comprenait pas pourquoi ils avaient dû entreprendre ce fatigant et triste pèlerinage vers un lieu inconnu, vers un étranger qu'on disait saint et qui se mourait. Il pouvait bien mourir ; qu'importait à ce garçon !

Les deux pèlerins n'étaient pas très éloignés du bac de Vasudeva, quand le petit Siddhartha contraignit de nouveau sa mère à faire halte pour se reposer. Elle aussi, Kamala, était fatiguée et pendant que l'enfant s'amusait à mordre dans une banane, elle s'assit sur le sol, ferma les yeux et s'assoupit. Mais tout à coup elle poussa un cri de douleur ; l'enfant effrayé la regarda et vit son visage blêmir de terreur, tandis que de dessous ses vêtements s'échappait un petit serpent noir. C'était lui qui avait mordu Kamala.

Tous deux se mirent alors à courir rapidement pour arriver en un lieu habité et furent bientôt à proximité du bac. Là, Kamala s'affaissa ; il lui devint impossible de faire un pas de plus. Le petit garçon se mit à pousser les hauts cris, ne s'interrompant que pour donner des baisers à sa mère et lui enlacer le cou de ses bras ; elle-même joignit ses appels aux siens, jusqu'à ce que le bruit arrivât aux oreilles de Vasudeva qui se tenait à quelque distance de son bac.

Il vint rapidement, enleva la femme dans ses bras, la porta sur le bateau, suivi de l'enfant, et peu de temps après tous les trois se trouvaient dans la cabane où Siddhartha était justement occupé à faire du feu dans l'âtre. Il leva les yeux et considéra d'abord le visage de l'enfant, qui lui ressemblait d'une manière frappante. Cette vue lui rappela des choses depuis longtemps oubliées. Puis il vit Kamala, qu'il reconnut aussitôt, bien qu'elle se trouvât encore sans connaissance dans les bras du passeur. Et maintenant il comprit que c'était son propre fils, dont les traits avaient si profondément remué ses souvenirs, et son cœur s'agita dans sa poitrine. On lava la plaie ; mais elle était déjà devenue noire et le ventre de la blessée commençait à enfler. On lui fit absorber un breuvage qui la ranima un peu. Elle était étendue sur la couche de Siddhartha, dans la cabane, et, penché sur elle, se tenait celui qui autrefois l'avait tant aimée. Il lui sembla rêver. Souriante, elle fixait ses regards sur ceux de son ami ; mais il lui fallut encore quelque temps avant que la réalité se fît jour à ses yeux ; elle se rappela alors la morsure et s'informa anxieusement de son enfant.

« Il est auprès de toi, dit Siddhartha, sois sans inquiétude. »

Kamala le regarda dans les yeux et lui dit d'une langue alourdie par le poison : « Tu as beaucoup vieilli, mon ami, tu es tout gris. Mais tu ressembles au jeune Samana qui, sans vêtements et les pieds couverts de poussière, vint me trouver autrefois dans mon jardin. Tu lui ressembles même beaucoup plus qu'à l'époque où tu nous quittas, Kamaswami et moi. Tu lui ressembles surtout par le regard. Hélas ! moi aussi je suis devenue vieille, vieille... et tu m'as reconnue pourtant ? »

Siddhartha sourit : « Kamala, chère femme, je t'ai reconnue tout de suite. » Kamala, lui indiquant son enfant, reprit : « L'as-tu reconnu aussi, lui ? C'est ton fils. » Sa vue se troublait, ses yeux se fermaient. Le petit garçon se mit à pleurer. Siddhartha le prit sur ses genoux, le laissa verser ses larmes, lui caressa la chevelure et, tandis qu'il regardait ce visage d'enfant, il se rappela une oraison brahmanique, qu'il avait apprise autrefois, quand il était lui-même tout petit. Alors, lentement, d'une voix chantante, il parla et les paroles qui coulaient de sa bouche semblaient venir du temps lointain de son enfance. Et sous l'influence de ce chant monotone l'enfant se calma, poussa encore deux ou trois sanglots et s'endormit. Siddhartha l'étendit sur la couche de Vasudeva qui préparait du riz au foyer et jeta à son ami un coup d'œil auquel celui-ci répondit en souriant. « Elle va mourir », dit tout bas Siddhartha. Vasudeva fit signe que oui de la tête, et sur sa bonne figure courait le reflet de la flamme du foyer.

Kamala revint encore une fois à elle. La douleur contractait ses traits. Siddhartha vit de la souffrance sur sa bouche et sur ses joues pâles. Immobile, attentif et silencieux, il lisait cette souffrance et s'en imprégnait tout entier. Kamala le sentait, et ses yeux cherchaient les siens.

Ils les rencontrèrent et elle lui dit : « Je vois maintenant que ton regard aussi a changé ! Il est tout autre. A quoi est-ce donc que je reconnais que tu es Siddhartha ? C'est toi, et ce n'est pas toi. »

Siddhartha ne répondit rien, mais son regard muet se fixa sur le sien. « Tu as trouvé ce que tu cherchais ? demanda-t-elle. Tu as trouvé la paix de l'âme ? »

Il eut un sourire et posa sa main sur la sienne.

« Je le vois, dit-elle, je le vois. Moi aussi je trouverai la paix.

— Tu l'as déjà trouvée », lui souffla tout bas Siddhartha.

Kamala le regarda dans les yeux. Elle se souvenait qu'elle avait voulu se rendre en pèlerinage auprès de Gotama pour voir le visage d'un Etre parfait, pour y respirer un peu de paix, et voilà qu'au lieu de cet Etre parfait c'était lui qu'elle avait trouvé. Et cela était bien, cela était même aussi bien que si elle avait vu

Gotama. Elle voulut le lui dire, mais sa langue n'obéissait déjà plus à sa volonté. Elle le regardait toujours en silence et lui, il voyait la vie se retirer peu à peu de ses yeux.

Quand la dernière souffrance les eut encore ranimés pour un instant, puis entièrement éteints et que le dernier frisson eut couru sur ses membres, il lui ferma les paupières.

Longtemps il resta là, assis, regardant le visage de la morte. Longtemps il contempla sa bouche, cette bouche vieillie, fatiguée, aux lèvres pincées, et il se souvint qu'autrefois, au printemps de sa vie, il l'avait comparée à une figue fraîchement ouverte. Longtemps il demeura là, assis, lisant sur la pâle figure, sur ses rides fatiguées, s'emplissant de cette vision. Et il se voyait lui-même, couché comme elle, sans vie comme elle, pâle comme elle ; il voyait en même temps son propre visage et le sien quand ils étaient jeunes, avec leurs lèvres roses, la flamme de leurs yeux ; et le sentiment du présent et de la simultanéité des temps, le sentiment de l'Eternité pénétra dans son âme. C'est alors qu'il eut, profonde, plus profonde que jamais, l'impression de l'indestructibilité de chaque vie, de l'Eternité de chaque instant.

Lorsqu'il se leva, le riz préparé par Vasudeva était cuit ; mais Siddhartha ne mangea pas. Dans la petite étable où se trouvait leur chèvre, les deux vieillards s'arrangèrent une litière et Vasudeva se coucha. Siddhartha sortit et passa la nuit assis devant la cabane, écoutant le fleuve, se plongeant dans les souvenirs du passé, embrassant à la fois toutes les périodes de sa vie. Mais de temps en temps il se levait, allait jusqu'à la porte de la cabane pour écouter si le petit dormait.

Dès l'aube, avant que le soleil ne se montrât à l'horizon, Vasudeva sortit de l'étable et s'avança vers son ami.

« Tu n'as pas dormi, lui dit-il.

— Non, Vasudeva. Je suis resté assis ici, à écouter le fleuve. Il m'a dit bien des choses, il m'a rempli d'une pensée profonde et salutaire, la pensée de l'Unité.

— Tu as profondément souffert, Siddhartha, mais je vois que la tristesse n'a pas envahi ton cœur.

— Non, mon ami, pourquoi donc serais-je triste ? Moi, qui fus riche et heureux, me voilà maintenant encore plus riche et plus heureux : mon fils m'est donné.

— Que ton fils me soit aussi le bienvenu ! Mais, à présent, Siddhartha, mettons-nous au travail ; il y a beaucoup à faire. Kamala est morte sur cette même couche où mourut ma femme autrefois. Nous dresserons le bûcher pour Kamala sur le même monticule où j'élevai jadis celui de ma femme. »

Et pendant que l'enfant dormait ils dressèrent le bûcher.

SON FILS

Timide et les larmes aux yeux, le petit garçon avait assisté aux funérailles de sa mère ; d'un air sombre et apeuré, il avait entendu Siddhartha l'appeler son fils et lui dire qu'il était chez lui dans la cabane de Vasudeva. Il demeurait, la mine hâve, des journées entières, assis au pied du monticule de la morte, sans vouloir manger. Ses regards restaient obstinément clos, son cœur aussi ; il se défendait, en se raidissant de toutes ses forces, contre le destin.

Siddhartha, qui le ménageait, le laissa faire. Il respectait sa douleur. Siddhartha comprenait que son fils ne le connût pas, qu'il ne pût l'aimer comme on aime son père. Il mit longtemps à s'apercevoir et à comprendre que cet enfant de onze ans était un enfant gâté, qui avait grandi dans des habitudes de richesses, qui ne pouvait se passer de mets délicats, d'un lit moelleux et de serviteurs. Siddhartha comprit que cet enfant, affligé et gâté, ne pouvait ainsi du jour au lendemain s'adapter à cette existence de pauvreté. Aussi ne lui imposait-il aucune contrainte, faisant souvent le travail à sa place et lui réservant toujours le meilleur de leurs aliments. Il espérait qu'à la longue il l'amènerait à lui par sa douce patience.

Il s'était cru riche et heureux quand l'enfant lui était arrivé. Mais le temps s'écoulait et comme il demeurait toujours aussi étranger et aussi sombre, qu'il montrait toujours le même caractère hautain et arrogant, qu'il ne voulait pas entendre parler de travail, qu'il ne témoignait aucun respect aux deux vieillards, saccageait les arbres fruitiers de Vasudeva, Siddhartha commença à comprendre que son fils ne lui avait apporté ni le bonheur, ni la paix, mais le chagrin et les soucis. Il l'aimait cependant et préférait les souffrances et les soucis que lui causait cet amour au bonheur et aux joies qu'il aurait pu goûter si cet enfant n'eût pas été là.

Depuis que le jeune Siddhartha habitait avec eux, les deux vieux s'étaient partagé le travail. Vasudeva avait repris ses fonctions de passeur et Siddhartha, pour avoir son fils auprès de lui, travaillait dans la cabane ou aux champs.

Longtemps, longtemps, pendant des mois, Siddhartha avait espéré que l'enfant le comprendrait, qu'il se laisserait, gagner et que peut-être il finirait par les payer de retour. Pendant des mois, Vasudeva, qui se contentait d'observer, attendit aussi sans rien dire. Un jour que le jeune Siddhartha avait encore tourmenté son père par son obstination et ses caprices et mis en pièces les deux écuelles au riz, Vasudeva prit son ami à part, le soir, et lui dit :

« Excuse-moi, c'est en toute amitié que je veux te parler. Je vois tes souffrances, je vois le chagrin que tu éprouves. Ton fils est une cause de soucis pour toi, et aussi pour moi. C'est un jeune moineau qui a été habitué à un autre genre de vie et à un autre nid. Il n'a pas, comme toi, quitté la ville et renoncé aux richesses par dégoût et par satiété. S'il a abandonné tout cela, c'est contre son gré. J'ai consulté le fleuve, mon ami, je l'ai consulté bien des fois. Mais le fleuve se moque de moi, il se moque de moi et de toi aussi ; il rit tout haut de notre sottise. L'eau coule vers l'eau, la jeunesse va à la jeunesse, et ton fils n'est pas ici à l'endroit qui convient à ses penchants. Demande-le toi-même au fleuve ; écoute aussi ce qu'il te dira. »

Emu, Siddhartha leva les yeux sur cette bonne figure sous les multiples rides de laquelle se cachait une inaltérable sérénité.

« Pourrai-je jamais m'en séparer ? lui dit-il à voix basse et un peu honteux. Laisse-moi encore du temps, mon ami ! Tu le vois, je lutte pour le conquérir, pour gagner son cœur. J'y réussirai à force d'amour, de douceur et de patience. Le fleuve aussi lui parlera un jour, car il est appelé, lui aussi. »

Le sourire de Vasudeva prit un ton plus chaud :

« Oui, oui, il est aussi appelé, il appartient aussi à l'Eternelle Vie. Mais, toi et moi, est-ce que nous savons à quoi il est appelé, à quelle voie, à quels actes, à quelles souffrances ? Et celles-ci ne seront pas petites, car il a le cœur fier et dur, et les êtres de sa sorte sont destinés à souffrir beaucoup, à s'égarer souvent, à faillir souvent, à charger leur conscience de nombreux péchés. Dis-moi, mon ami : est-ce que tu élèves ton fils ? L'obliges-tu à faire ce qu'il doit ? Le corriges-tu ? Le punis-tu ?

— Non, Vasudeva, je ne fais rien de tout cela.

— J'en étais sûr. Tu ne le contrains à rien, tu ne le bats pas, tu ne le commandes pas, parce que tu sais que la tendresse est plus forte que la dureté, que l'eau est plus forte que le rocher, que l'amour est plus fort que la violence. C'est très bien et je t'approuve. Mais ne te trompes-tu pas en t'imaginant que tu n'exerces sur lui aucune contrainte, que tu ne lui infliges aucune punition ? Est-ce que ton amour même n'est pas un lien avec lequel tu le ligotes ? Est-ce que tu n'aggraves pas toi-même son état, ne lui rends-tu pas la soumission plus difficile en le forçant à rougir de soi-même, par ta bonté et ta patience ? Ne contrains-tu pas ce garçon, orgueilleux et gâté, à vivre dans une cabane en compagnie de deux vieux mangeurs de bananes pour qui un plat de riz est encore une friandise, dont les pensées ne peuvent être les siennes, dont le cœur s'est calmé avec les années et cherche d'autres satisfactions que le sien ? Est-ce que tout cela n'est pas une contrainte, une punition ? »

Siddhartha frappé par ces paroles baissa les yeux et dit tout bas : « Et, selon toi, que dois-je faire ?

— Emmène-le à la ville, répondit Vasudeva, reconduis-le à la maison de sa mère ; il y aura sans doute encore des serviteurs à qui tu le confieras. Et s'il n'y en a plus, place-le chez un maître, non à cause de ce qu'il lui enseignera, mais pour que l'enfant vive avec d'autres garçons et d'autres filles de son âge et de sa condition, dans le milieu qui est le sien. As-tu songé à ces choses ?

— Tu lis dans mon cœur, dit Siddhartha tristement. Souvent j'y ai pensé. Mais, vois-tu, comment puis-je l'abandonner ainsi dans ce monde, lui dont le cœur n'a, tu le sais, rien de tendre ? Ne cédera-t-il pas à ses mauvais penchants, ne succombera-t-il pas à l'attrait des plaisirs et de la puissance, ne tombera-t-il pas dans tous les errements de son père et ne finira-t-il pas par se perdre complètement dans le Sansara ? »

Le sourire du passeur s'épanouit tout à fait ; il prit doucement Siddhartha par le bras : « Demande cela au fleuve, mon ami. Ecoute un peu comme il en rit. Crois-tu vraiment que les folies que tu as faites, c'est pour les épargner à ton fils ? Et penses-tu pouvoir préserver ton fils du Sansara ? Comment t'y prendrais-tu ? Par la doctrine, par la prière, par les admonestations ? Mon pauvre ami, as-tu donc déjà oublié l'histoire de ce fils de brahmane appelé Siddhartha, cette histoire si édifiante que tu m'as racontée un jour à cette même place ? Qui donc a protégé le Samana Siddhartha du Sansara, du péché, de la cupidité et des folies ? Est-ce la piété de son père, sont-ce les exhortations de ses maîtres, son propre savoir, ses propres recherches qui l'en ont protégé ? Où est le père, où est le maître qui auraient pu l'empêcher de vivre sa vie, de se salir lui-même au contact de cette vie, de charger sa conscience de fautes, de vider la coupe d'amertume et de trouver lui-même sa voie ? Crois-tu donc, ô mon ami ! que cette voie puisse être évitée à qui que ce soit ? A ton fils peut-être, parce que tu l'aimes et que tu voudrais bien lui épargner des peines, des souffrances et des désillusions ? Mais, si tu mourais même dix fois pour lui, tu ne réussirais pas à détourner de lui une parcelle de son destin. »

Jamais jusqu'à présent Vasudeva n'avait fait un si long discours. Siddhartha le remercia affectueusement et, le cœur triste, rentra dans la cabane où il fut longtemps sans pouvoir s'endormir. Vasudeva ne lui avait rien dit à quoi il n'eût déjà pensé lui-même ou qu'il ne sût déjà. Mais ce qu'il savait il ne pouvait le réaliser ; car ce qui était plus fort que tout, c'était son amour pour cet enfant, sa tendresse pour lui, sa peur de le perdre. Y avait-il rien au monde à quoi il se fût si éperdument attaché, y avait-il quelqu'un qu'il eût jamais aimé si aveuglément, pour qui il eût plus souffert, inutilement hélas ! mais avec plus de joie ?

Siddhartha ne pouvait suivre le conseil de son ami, il ne pouvait se séparer de son fils. Il en vint à se laisser commander par lui et à s'en faire même mépriser. Il se taisait et attendait. Chaque jour c'était une lutte sourde, tout entière de patience, entre son amour et l'enfant. Vasudeva, qui savait, se taisait aussi et attendait, toujours bon, toujours tolérant. Dans l'art d'être patients, tous deux n'avaient point leurs pareils.

Une fois que le visage du garçon lui rappelait Kamala plus que d'habitude, Siddhartha se souvint tout à coup d'une phrase que la courtisane lui avait dite au temps de leur jeunesse. Cette phrase c'était : « Tu ne peux pas aimer », et il en avait convenu, et il s'était comparé, lui, à une étoile et les autres hommes à la feuille qui tombe ; ce qui ne l'avait pas empêché de sentir un reproche dans ces paroles. En effet, jamais son cœur n'avait pu se fondre dans celui d'un être aimé, se donner pleinement à lui jusqu'à l'oubli complet de soi-même, jusqu'à faire des folies par amour pour un autre ; jamais il n'avait été capable d'une chose semblable et c'était là, croyait-il alors, la grande différence qui le séparait du commun des mortels. Mais à cette heure, c'est-à-dire depuis que son fils était auprès de lui, Siddhartha était complètement devenu, lui aussi, un homme comme les autres ; lui aussi souffrait maintenant pour un autre, s'attachait à un autre, se perdait pour l'amour d'un autre et tombait dans la folie. Une fois dans sa vie, quoique tardivement, il éprouvait cette passion, la plus forte et la plus étrange, il en souffrait, il en souffrait à faire pitié et pourtant il en était heureux ; n'aurait-elle pas renouvelé quelque chose en lui, ne l'aurait-elle pas enrichi d'autant ?

Il s'apercevait bien que cet amour, cet amour aveugle pour son fils, était une passion, un sentiment très humain, que c'était le Sansara, la source trouble aux eaux sombres. Et pourtant, il sentait en même temps qu'elle avait aussi sa valeur, qu'elle était nécessaire, qu'elle était une émanation de son être même. C'était donc là un plaisir pour lequel il devait encore souffrir, une douleur à laquelle il devait goûter, une folie qu'il fallait avoir faite.

Et pendant ce temps son fils le laissait à sa folie, le laissait à ses tentatives et le mortifiait chaque jour davantage par ses caprices. Ce père n'avait pour lui rien de séduisant ni rien qui lui inspirât de la crainte. Ce père était un homme bon, un homme débonnaire, doux, peut-être un homme d'une grande piété, un saint même... mais ce n'étaient point là des qualités par lesquelles il pouvait attirer l'enfant à lui. Il l'ennuyait, ce père, qui le retenait là, prisonnier, dans sa misérable cabane, il l'ennuyait avec son sourire à chacune de ses fautes, sa douceur à chacune de ses insultes, sa bonté pour chacune de ses méchancetés. Il n'y avait rien au monde qu'il détestât plus que ce qu'il appelait les simagrées de ce vieux bonhomme sournois. Il eût de beaucoup préféré qu'il le menaçât franchement, qu'il le maltraitât même.

Un jour vint où l'antipathie du jeune Siddhartha éclata et se tourna ouvertement contre son père. Celui-ci l'avait chargé d'aller ramasser un peu de bois. Mais l'enfant, au lieu de quitter la cabane, demeura là, l'air insolent et les yeux chargés de colère. Il se mit à frapper du pied en le menaçant des poings, et, dans une explosion de rage, cria à la face de son père toute sa haine et tout son mépris.

« Va chercher ton bois toi-même, hurla-t-il en écumant de fureur, je ne suis pas ton valet ! Je sais que tu ne me battras pas, tu ne l'oses pas ; je sais aussi que tu veux m'humilier, me punir par ta bonté et ton indulgence. Tu veux que je devienne aussi bon, aussi doux, aussi sage que toi ! Mais sache que pour avoir le plaisir de te torturer, je préférerais devenir voleur de grands chemins, assassin même, et me donner à tous les diables que d'être un jour ce que tu es ! Je te hais, tu n'es pas mon père, même si tu as été dix fois l'amant de ma mère ! »

Sa colère et son aversion débordaient, se gonflaient en paroles confuses et méchantes, lancées à la face de son père. Après quoi il se sauva et ne revint que tard dans la soirée.

Le lendemain il avait disparu, et en même temps que lui, une petite corbeille de couleur en écorce tressée, dans laquelle les passeurs conservaient les pièces de cuivre et d'argent qu'ils recevaient comme salaire. Le bac aussi avait disparu, Siddhartha l'apercevait sur la rive opposée. Le gamin s'était enfui.

« Il faut que je me mette à sa poursuite, dit Siddhartha, qui, depuis les invectives proférées la veille par son fils, tremblait encore d'émotion et de chagrin. Un enfant ne peut pas traverser la forêt tout seul. Il y périra. Construisons un radeau, Vasudeva, pour traverser le fleuve.

— Nous construirons un radeau, répondit Vasudeva, pour ramener le bac que ton fils a emmené. Mais quant à lui, mon ami, tu ferais bien de le laisser courir ; ce n'est plus un enfant et il se tirera d'affaire tout seul. Il veut se rendre à la ville et il a raison, ne l'oublie pas. En ceci il ne fait que ce que tu as négligé de faire toi-même. Il pense à lui, il suit sa voie. Ah ! Siddhartha, je vois que tu souffres, mais les souffrances que tu endures, ce sont des souffrances dont on serait tenté de rire et dont tu riras bientôt toi-même. »

Siddhartha ne répondit rien. Il avait déjà saisi sa cognée et s'était mis à confectionner un radeau de bambou. Vasudeva l'aida à ajuster les troncs les uns à côté des autres avec des lianes. Ils passèrent ensuite de l'autre côté du fleuve ; mais le courant les avait emportés assez loin à la dérive et ils durent haler le radeau.

« Pourquoi as-tu emporté la cognée ? » demanda Siddhartha.

Vasudeva répondit : « Les rames de notre bateau pourraient bien être perdues. »

Mais Siddhartha devinait la pensée de son ami. Il s'était dit : ce garçon aura jeté les rames ou les aura brisées pour se venger ou pour empêcher qu'on ne le poursuive. Et, en effet, elles avaient disparu du bateau. Vasudeva montra le fond de l'esquif et regarda son ami en souriant, comme s'il eût voulu dire : « Ne vois-tu pas ce que ton fils a voulu que tu comprennes ? Ne vois-tu pas qu'il ne veut pas qu'on le suive ? » Mais cette pensée il ne l'exprima pas tout haut. Il s'occupa aussitôt à tailler une autre rame. Siddhartha s'éloigna pour se mettre à la recherche du fugitif et Vasudeva ne l'en empêcha pas.

Après avoir erré longtemps dans la forêt, Siddhartha acquit la conviction que toutes ses recherches resteraient vaines. Il se dit que l'enfant avait sans doute une grande avance sur lui et devait être déjà arrivé à la ville ou bien que, s'il était encore en route, il se dissimulait aux regards de celui qui le poursuivait. Continuant à réfléchir il constata aussi qu'il n'éprouvait lui-même aucune inquiétude au sujet de son fils, quelque chose lui disant intérieurement qu'il n'avait point péri et qu'aucun danger ne le menaçait dans la forêt. Malgré cela il ne put s'empêcher de continuer sa route, non plus pour le sauver, mais uniquement par besoin de se rapprocher de lui, et dans l'espoir de le voir peut-être encore une fois. Et c'est ainsi qu'il arriva jusque devant la ville.

Quand il se trouva sur la grand-route, à proximité de la cité, il s'arrêta à l'entrée du beau jardin qui avait appartenu autrefois à Kamala et où jadis il l'avait vue pour la première fois dans son palanquin. Ces choses du passé se réveillèrent dans son âme ; il se revit jeune Samana, tout nu, la barbe inculte, la chevelure couverte de poussière. Longtemps Siddhartha demeura là à regarder par l'ouverture de la porte, dans le jardin où il vit des moines en froc jaune qui circulaient sous les beaux arbres.

Longtemps il se tint là, debout, pensif, repassant toutes les phases de sa vie dont les images surgissaient les unes après les autres dans son esprit. Longtemps il resta là debout, les regards dirigés vers les moines, mais ne voyant en réalité sous les grands arbres que le jeune Siddhartha et la jeune Kamala. Il revoyait, comme si cela se fût passé la veille, de quelle façon Kamala l'avait accueilli, comme elle lui avait donné le premier baiser, comme il s'était montré hautain et dédaigneux en lui parlant de son état de brahmane, et avec quelle fierté et quelle soif de jouissances il avait commencé son existence mondaine. Il revoyait Kamaswami, il revoyait les serviteurs, les festins, les joueurs de dés, les musiciens, il voyait le petit oiseau chanteur de Kamala dans sa cage ; tout cela il le revivait, il respirait dans l'atmosphère du Sansara, il se sentait encore vieux et las, il éprouvait de nouveau le même dégoût qu'autrefois, il ressentait encore le même besoin de mettre fin à son existence, et il se guérissait encore, par le *Om* sacré. Après être demeuré ainsi longtemps devant la porte du jardin, Siddhartha se rendit compte de la folie qui l'avait poussé jusqu'en ces lieux ; il comprit qu'il ne pouvait être d'aucune utilité à son fils et qu'il ne devait plus s'attacher à lui. L'amour qu'il éprouvait pour le fugitif était, dans son cœur, comme une plaie saignante ; mais s'il en souffrait il sentait aussi qu'il ne devait pas l'élargir, mais la laisser s'épanouir et rayonner en lui.

Il était profondément attristé que cela ne se produisît pas dès maintenant. Au lieu du but qu'il désirait ardemment atteindre et qui l'avait attiré à cet endroit, à la recherche de son fils disparu, il ne voyait plus autour de lui que le vide. Accablé de tristesse, il s'assit. Quelque chose mourait encore dans son cœur, où le néant s'installait, où aucune joie n'habitait plus ; et devant lui, aucun but vers lequel il pût se diriger. Abîmé dans ses pensées il demeura à la même place et attendit. Attendre, patienter, écouter, c'est ce que le fleuve lui avait enseigné. Et il restait assis ; il écoutait, dans la poussière du chemin ; il épiait son cœur si affligé et si las, il attendait qu'une voix lui parlât. Il passa ainsi des heures, sans qu'aucune image se présentât à son esprit ; perdu dans le néant, il s'abandonnait, se laissait sombrer, ne distinguant plus du tout la voie du salut. Seulement, quand la blessure de son cœur devenait trop cuisante, il prononçait tout bas la parole *Om*, dont il remplissait son âme. Les moines du jardin le remarquèrent et, comme il était là depuis de longues heures et que la poussière s'amassait sur ses cheveux gris, l'un d'eux s'avança et déposa deux bananes devant lui. Mais le vieillard ne le vit point.

Il fallut pour l'arracher à cette torpeur qu'une main se posât sur son épaule. Il la reconnut aussitôt à son contact doux et timide et revint à lui. Il se leva et salua son ami Vasudeva qui l'avait suivi. Et quand ses yeux s'arrêtèrent sur sa bonne figure, sur ses petites rides toutes pleines de sourires, sur ses yeux si sereins, alors, lui aussi, il se mit à sourire. Il vit les bananes à ses pieds ; il les ramassa, en donna une au passeur et mangea l'autre. Ensuite, Vasudeva et lui reprirent silencieusement le chemin de leur cabane, à travers la forêt. Ni l'un ni l'autre ne parlèrent de ce qui s'était passé ce jour-là, aucun d'eux ne prononça le nom de l'enfant, aucun ne fit allusion à sa fuite, aucun ne souffla mot de la souffrance endurée. Arrivé à la cabane, Siddhartha s'étendit sur sa couche et quand, au bout de quelques instants, Vasudeva vint lui présenter une écuelle de lait de coco, il le trouva endormi.

Longtemps Siddhartha ressentit la brûlure de sa plaie. Il dut passer sur l'autre rive du fleuve maints voyageurs qui avaient un fils ou une fille avec eux et, ceux-là, il ne pouvait les voir sans leur porter envie, sans penser : « Pourquoi, quand des milliers et des milliers de pères ont ce bonheur, le plus doux de tous, pourquoi, moi, ne l'ai-je pas ? Les méchants, les voleurs et les brigands ont des enfants qu'ils aiment et dont ils sont aimés, pourquoi pas moi ? » Telles étaient les réflexions naïves, insensées même, qu'il se faisait alors, tant il était devenu semblable aux autres hommes.

Les hommes ! il les considérait maintenant tout autrement qu'autrefois : il les jugeait avec moins de présomption, moins de fierté ; mais en revanche, il se sentait plus près d'eux, plus curieux de leurs faits et gestes, plus intéressé à eux. Quand il lui arrivait de passer des voyageurs de condition inférieure, des marchands, des soldats, des femmes de toutes catégories, ces gens-là ne lui semblaient plus aussi étrangers qu'autrefois ; il les comprenait, il comprenait leur existence que ne réglaient ni idées ni opinions, mais uniquement des besoins et des désirs ; il s'y intéressait et se sentait lui-même comme eux. Quoiqu'il approchât de la perfection et qu'il portât toujours les traces de sa dernière meurtrissure, il lui semblait pourtant que ces hommes simples étaient ses frères ; leurs vanités, leurs convoitises et leurs travers perdaient leur ridicule à ses yeux, ils valaient la peine d'être compris, d'être aimés et même vénérés. L'amour aveugle d'une mère pour son enfant, la sotte présomption d'un père aveuglé par son attachement pour un fils unique, l'irrésistible et folle envie qu'éprouve une jeune femme coquette de se parer de bijoux pour attirer sur soi les regards admirateurs des hommes, tous ces besoins, tous ces enfantillages, toutes ces aspirations naïves, déraisonnables, mais dont la réalisation donne à la vie un si puissant élément de force, ne semblaient plus maintenant aux yeux de Siddhartha choses si négligeables, si puériles ; il comprenait que c'était pour elles que les hommes vivaient, que c'était pour elles qu'ils accomplissaient l'impossible, pour elles qu'ils faisaient de longs voyages, pour elles qu'ils s'entre-tuaient, qu'ils enduraient des souffrances infinies, qu'ils supportaient tout ; et c'est pour cela qu'il se sentait capable de les aimer ; il voyait la vie, la chose animée, l'Indestructible, le Brahma dans chacune de leurs passions, dans chacun de leurs actes. Ces hommes, ils étaient aimables et admirables dans l'aveuglement même de leur fidélité, dans l'aveuglement de leur force et de leur persévérance. Rien ne leur manquait, et le savant, le penseur, ne leur était supérieur que par une petite, une bien petite chose : la conscience qu'il avait de l'Unité de tout ce qui vit. Et Siddhartha en arrivait même à se demander à certaines heures si ce savoir, cette idée, avait bien toute l'importance qu'on lui attribuait, si lui-même n'était pas peut-être le jouet des hommes-penseurs, des hommes-enfants-qui-pensent. Pour tout le reste les hommes égalaient le Sage et parfois lui étaient bien supérieurs, comme certains animaux nous semblent aussi supérieurs à l'homme, par l'inflexible ténacité qu'ils apportent à l'accomplissement des actes nécessaires à leur vie.

Peu à peu se développait et mûrissait en Siddhartha la notion exacte de ce qu'est la Sagesse proprement dite, qui avait été le but de ses longues recherches. Ce n'était somme toute qu'une prédisposition de l'âme, une capacité, un art mystérieux qui consistait à s'identifier à chaque instant de la vie avec l'idée de l'Unité, à sentir cette Unité partout, à s'en pénétrer comme les poumons de l'air que l'on respire. Tout cela s'épanouissait en lui peu à peu, se reflétait sur la vieille figure enfantine de Vasudeva et se traduisait par ces mots : harmonie, science de l'Eternelle Perfection du monde, Unité, Sourire.

Mais la plaie faite à l'âme de Siddhartha saignait toujours ; avec un amour mêlé d'amertume il pensait à son fils ; cette tendresse il la cultivait dans son cœur, il y entretenait la douleur qui le rongeait et s'abandonnait à toutes les folies de l'amour. Cette flamme ne s'éteignait pas d'elle-même.

Un jour que la plaie était plus cuisante que jamais, Siddhartha traversa le fleuve, poussé par le besoin de revoir son fils ; il descendit sur la rive avec la ferme volonté de se rendre à la ville et de se mettre à sa recherche. Les ondes coulaient douces et presque silencieuses, c'était l'époque des chaleurs, mais leur voix avait un son étrange : elles riaient ! Elles riaient vraiment. Le fleuve riait, et le rire clair et narquois qu'il faisait entendre, c'était pour se moquer du vieux passeur. Siddhartha s'arrêta, se pencha au-dessus de l'eau pour mieux entendre et dans cette eau qui coulait paisiblement il vit un visage qui lui rappela quelque chose d'oublié, mais dont il se souvint après un instant de réflexion : ce visage ressemblait à un autre qu'il avait connu autrefois, qu'il avait aimé et qu'il avait craint aussi : il ressemblait au visage de son père, le brahmane. Et il se rappela comment, il y avait longtemps, lui, jeune homme, avait obligé son père à le laisser suivre les pénitents, comment il avait pris congé de lui, comment il était parti pour ne plus jamais revenir. Est-ce que son père n'avait pas souffert aussi à cause de lui, comme lui-même souffrait maintenant à cause de son fils ? Et ce père n'était-il pas mort depuis longtemps, seul, sans avoir revu son fils ? Ne devait-il pas s'attendre au même sort ? N'y avait-il pas quelque chose de comique, d'étrange et de stupide dans cette répétition des faits, dans cette course en rond dans le même cercle fatal ?

Et le fleuve riait toujours. Oui, c'était bien cela : tout ce qui n'avait pas souffert jusqu'au bout et trouvé sa rançon finale revenait, les mêmes souffrances recommençaient toujours.

Siddhartha remonta dans son bateau et retourna à sa cabane en pensant à son père, à son fils, au rire moqueur du fleuve. En désaccord avec lui-même, enclin au désespoir, il se sentait bien près de rire tout haut du monde entier et de sa propre personne. Hélas ! sa plaie n'était pas encore arrivée à son plein épanouissement ; son cœur opposait toujours de la résistance au destin, la sérénité et la victoire ne resplendissaient pas encore à travers ses souffrances. Pourtant, une fois revenu à la cabane, il se reprit à espérer et éprouva un irrésistible besoin de s'ouvrir à Vasudeva, de lui montrer le fond de son âme, de lui dire tout, à lui, qui possédait comme pas un le don d'écouter.

Vasudeva était assis à l'intérieur, occupé à tresser une corbeille. Comme sa vue commençait à baisser et ses bras à faiblir, il ne conduisait plus le bac. Mais la joie et une sereine bienveillance continuaient à éclairer son visage.

Siddhartha s'assit à côté du vieillard et lentement il commença à lui raconter des choses dont il ne lui avait jamais rien dit. Il lui parla de sa course vers la ville, de la plaie qui le consumait, de l'envie qu'il ressentait à la vue d'autres pères plus heureux que lui, de la folie de ses désirs, dont il se rendait bien compte et des combats qu'il leur livrait en vain. Il confessa tout ; il se sentait capable de dire tout, même le plus pénible, et il dit tout, il mit son âme entière à nu, aucun aveu ne lui coûta. Il lui montra toute sa plaie et n'oublia pas de lui raconter son projet de fuite de ce jour même ; il lui dit comme il avait passé l'eau, tel un enfant qui s'enfuit, avec la volonté d'aller jusqu'à la ville, et comme le fleuve avait ri de lui.

Il parla longtemps, longtemps et tandis que Vasudeva écoutait d'un visage impassible, Siddhartha subissait plus fortement que jamais le charme de l'attention avec laquelle Vasudeva suivait ses paroles ; il avait l'impression que ses espoirs les plus secrets s'épanchaient dans l'âme du vieillard, que ses douleurs, ses angoisses s'y déversaient. Découvrir sa plaie à un homme qui vous écoutait comme celui-là, c'était comme s'il l'eût baignée dans l'eau du fleuve jusqu'à ce qu'elle fût devenue aussi fraîche que cette eau et ne fît plus qu'un avec lui. Tandis qu'il continuait de parler, avouant toujours, confessant tout, Siddhartha sentait de plus en plus que ce n'était plus Vasudeva, que ce n'était plus un homme qui l'écoutait, que cet être immobile, auquel il parlait, absorbait en lui sa confession comme les plantes absorbent l'eau du ciel, qu'il était le fleuve lui-même, qu'il était Dieu lui-même, qu'il était l'Eternel. Et tandis que les pensées de Siddhartha s'éloignaient de lui-même et de sa blessure, cette croyance à la transformation de Vasudeva se fixait fortement dans son esprit, et plus il s'en pénétrait, moins il s'en étonnait et mieux il comprenait que tout cela était naturel et dans l'ordre des choses ; il reconnaissait à cette heure que depuis longtemps Vasudeva avait presque toujours été ainsi, mais que lui, Siddhartha, ne l'avait jamais complètement vu tel qu'il était, et que lui-même, au fond, n'en différait pas beaucoup non plus. Il sentait que le vieux Vasudeva qu'il avait devant lui était comme un de ces dieux que l'imagination du peuple se représente, mais que cette vision ne pouvait durer longtemps ; aussi dans son for intérieur commençait-il à s'éloigner de lui. Tout en pensant à ces choses il continuait de parler.

Quand il eut fini, Vasudeva fixa sur lui son bon regard, un peu affaibli. Il ne parla pas ; mais de tout son être silencieux rayonnaient vers lui l'amour et la sérénité, la compréhension et le savoir. Il prit Siddhartha par la main, le conduisit à la rive, s'assit à côté de lui et sourit au fleuve.

« Tu l'as entendu rire, dit-il. Mais tu n'as pas tout entendu. Ecoutons-le attentivement et tu entendras encore autre chose. »

Ils se mirent aux écoutes. Doux était le chant de toutes les voix du fleuve. Siddhartha regarda dans l'eau et, dans cette eau qui fuyait, des images lui apparurent : il vit son père, seul, portant le deuil de son fils ; il se vit lui-même, seul, uni par les liens de l'amour à son fils lointain ; il vit son fils, seul aussi, sur la voie brûlante où il courait, avide, vers le but de ses jeunes aspirations ; chacun d'eux était dominé par la pensée de l'atteindre, chacun d'eux était en proie à la souffrance. Le fleuve chantait d'une voix plaintive, il chantait vers une chose ardemment désirée, il coulait, attiré vers son but, et le son de sa voix ressemblait à une plainte.

Les regards muets de Vasudeva disaient : « Entends-tu ? » Siddhartha faisait signe que oui.

« Ecoute mieux ! » chuchota Vasudeva.

Siddhartha s'efforça de mieux écouter. L'image de son père, sa propre image, l'image de son fils se fondirent ensemble ; celle de Kamala apparut aussi et se dissipa, puis ce fut l'image de Govinda, puis d'autres qui se confondirent, devinrent le fleuve lui-même, et toutes avec lui s'élançaient avec la même ardeur, la même convoitise, les mêmes souffrances, vers le but à atteindre ; et la voix du fleuve résonnait, haletante, pleine de désirs, pleine d'une douleur brûlante, pleine d'une insatiable envie. Le fleuve tendait à son but de toute sa puissance ; Siddhartha voyait comme il y courait, ce fleuve qui se composait de lui et des siens et de tous ceux qu'il avait connus. Tous ses flots, toutes ses ondes roulaient, chargés de souffrances, vers des buts innombrables : les cataractes, le lac, les rapides, la mer, et il les atteignait tous, et de l'eau s'exhalaient des vapeurs qui montaient vers le ciel ; elles devenaient pluie et cette pluie retombait du ciel, devenait source, devenait ruisseau, devenait fleuve, remontait encore, puis recommençait à couler. Mais la voix ne trahissait plus maintenant de ces désirs, elle avait changé ; elle se faisait plaintive, comme celle d'une âme en peine et d'autres voix se joignaient à elle, les unes joyeuses, les autres dolentes, puis d'autres encore qui disaient le bien et le mal, qui riaient et pleuraient : c'était par centaines, par milliers qu'elles résonnaient.

Siddhartha était tout oreilles. Ses facultés étaient tendues vers ces bruits et plus rien n'existait pour lui que ce qu'il percevait ; il absorbait toutes ces rumeurs, s'en emplissait, sentant bien qu'à cette heure il allait atteindre au dernier perfectionnement dans l'art d'écouter. Bien souvent déjà il avait entendu toutes ces choses, bien souvent les voix du fleuve avaient déjà frappé ses oreilles, mais aujourd'hui ces sons lui semblaient nouveaux. Il commençait à ne plus bien les distinguer ; celles qui avaient une note joyeuse se confondaient avec celles qui se lamentaient, les voix mâles avec les voix enfantines, elles ne formaient plus qu'un seul concert, la plainte du mélancolique et le rire du sceptique, le cri de la colère et le gémissement de l'agonie, tout cela ne faisait plus qu'un, tout s'entremêlait, s'unissait, se pénétrait de mille façons. Et toutes les voix, toutes les aspirations, toutes les convoitises, toutes les souffrances, tous les plaisirs, tout le bien, tout le mal, tout cela ensemble, c'était le monde. Tout ce mélange, c'était le fleuve des destinées accomplies, c'était la musique de la vie. Et lorsque Siddhartha, prêtant l'oreille au son de ces mille et mille voix qui s'élevaient en même temps du fleuve, ne s'attacha plus seulement à celles qui clamaient la souffrance ou l'ironie, ou n'ouvrit plus son âme à l'une d'elles de préférence aux autres, en y faisant intervenir son Moi, mais les écouta toutes également, dans leur ensemble, dans leur Unité, alors il s'aperçut que tout l'immense concert de ces milliers de voix ne se composait que d'une seule parole : *Om* : la perfection.

« Entends-tu ? » lui demanda Vasudeva du regard.

Un sourire illumina toutes les rides de sa vieille figure au-dessus de laquelle semblait planer un nimbe de clarté, comme au-dessus de toutes les voix du fleuve s'élevait le *Om*. Lumineux était le sourire dont il accompagna son regard ; et ce même sourire brillait sur le visage de son ami Siddhartha. Sa plaie s'épanouissait maintenant, sa souffrance rayonnait ; son Moi s'était fondu dans l'Unité, dans le Tout.

Dès cet instant, Siddhartha cessa de lutter contre le destin ; il cessa de souffrir. Sur son visage fleurissait la sérénité du Savoir auquel nulle volonté ne s'oppose plus, du savoir qui connaît la perfection, qui s'accorde avec le fleuve des destinées accomplies, avec le fleuve de la vie, qui fait siennes les peines et les joies de tous, qui s'abandonne tout entier au courant et désormais fait partie de l'Unité, du Tout.

Quand Vasudeva se leva de sa place, sur la rive, et que, regardant dans les yeux de Siddhartha, il y vit briller la sérénité du Savoir, il lui toucha légèrement l'épaule de la main, de sa même manière douce et délicate et dit : « Ami, cette heure, je l'attendais. Maintenant qu'elle est venue, laisse-moi partir. Oui, assez longtemps je l'ai attendue, cette heure, assez longtemps j'ai été le passeur Vasudeva. Maintenant c'est fini. Adieu, petite cabane, adieu, Fleuve, adieu, Siddhartha ! »

Siddhartha s'inclina profondément devant Celui qui prenait congé de lui.

« Je le savais, lui dit-il, tu vas dans la forêt ?

— Je vais dans la forêt, je vais dans l'Unité », reprit Vasudeva rayonnant.

Et, rayonnant, il s'en alla. Siddhartha le suivit du regard et dans ce regard il y avait une joie infinie et une profonde gravité. Il le vit s'éloigner d'un pas tranquille, la tête éclairée, toute sa personne enveloppée de lumière.

GOVINDA

Au cours de ses pérégrinations, Govinda, pour se reposer, avait fait un court séjour au Jardin que la courtisane Kamala avait donné aux disciples de Gotama. C'est là qu'il entendit parler d'un vieux passeur qui habitait, disait-on, à une journée de marche du fleuve et que beaucoup de gens considéraient comme un sage. Lorsque Govinda reprit sa route, il choisit celle qui passait par cet endroit, car il était curieux de voir cet homme. Quoiqu'il eût vécu toute sa vie dans l'observation de la règle et, en raison de son âge avancé et de sa modestie, qu'il jouît auprès des moines plus jeunes que lui d'une haute considération, l'inquiétude et le besoin de chercher hantaient toujours son âme.

Il vint donc au fleuve et pria le vieillard de le passer de l'autre côté. Quand ils eurent quitté le bateau il lui dit : « Tu as toujours montré beaucoup de complaisance à l'égard des moines et des pèlerins ; car nombreux sont ceux d'entre nous que tu as déjà transportés d'une rive à l'autre de ce fleuve. Mais, dis-moi, passeur, est-ce que toi aussi tu es de ceux qui cherchent le bon sentier ? »

Siddhartha, dont la vieille face souriait sous la flamme du regard, répondit : « Prétendrais-tu être un chercheur, ô Vénérable, toi qui es déjà chargé d'années et qui portes la devise des moines de Gotama ?

— Je suis vieux, il est vrai, reprit Govinda, mais je

n'ai pas pour cela cessé de chercher. Il semble même que ma destinée soit de chercher sans répit. Toi aussi, je pense, tu as cherché. Veux-tu me dire quelques paroles, Homme vénéré ? »

Siddhartha répondit : « Que pourrais-je avoir à te dire, ô Vénérable ?... que peut-être tu cherches trop ? Que c'est à force de chercher que tu ne trouves pas ?

— Comment cela ? fit Govinda.

— Quand on cherche, reprit Siddhartha, il arrive facilement que nos yeux ne voient que l'objet de nos recherches ; on ne trouve rien parce qu'ils sont inaccessibles à autre chose, parce qu'on ne songe toujours qu'à cet objet, parce qu'on s'est fixé un but à atteindre et qu'on est entièrement possédé par ce but. Qui dit chercher dit avoir un but. Mais trouver, c'est être libre, c'est être ouvert à tout, c'est n'avoir aucun but déterminé. Toi, Vénérable, tu es peut-être en effet un chercheur ; mais le but que tu as devant les yeux et que tu essaies d'atteindre t'empêche justement de voir ce qui est tout proche de toi.

— Je ne comprends pas encore très bien, dit Govinda, que veux-tu dire par là ? »

Et Siddhartha continua : « Autrefois, ô Vénérable, il y a des années, tu es venu déjà sur les bords de ce fleuve, tu y as trouvé un homme endormi auprès duquel tu t'es assis pour veiller sur son sommeil. Mais ce dormeur, ô Govinda, tu ne l'as point reconnu. »

Etonné, et comme sous l'action d'un charme, le moine regardait le passeur dans les yeux.

« Serais-tu Siddhartha ? demanda-t-il d'une voix timide. Cette fois encore je ne t'aurais pas reconnu ! O Siddhartha ! je te salue de tout cœur ; de tout cœur je me réjouis de te voir encore une fois ! Mais comme tu es changé, mon ami ! Et maintenant te voilà donc devenu passeur ? »

Siddhartha se mit à rire avec cordialité. « Eh oui, me voilà passeur. Il y a des gens, Govinda, qui sont obligés de changer souvent d'état, de porter toutes sortes de vêtements et je suis de ceux-là, mon cher.

148

Sois le bienvenu, Govinda, et demeure cette nuit sous mon toit. »

Govinda resta toute la nuit dans la cabane et se reposa sur la couche de Vasudeva. Il posa de nombreuses questions à son ami d'enfance et Siddhartha lui raconta bien des choses de son existence.

Le lendemain, quand Govinda fut sur le point de reprendre ses pérégrinations il lui dit, non sans quelques hésitations : « Avant de continuer ma route, permets-moi, Siddhartha, de te demander ceci : As-tu une doctrine ? As-tu une croyance ou une science d'après laquelle tu agis et qui t'aide à vivre dans le bien ? » Siddhartha répondit : « Tu sais, mon ami, qu'autrefois, alors que j'étais encore un tout jeune homme et que nous vivions dans la forêt parmi les ascètes, je me méfiais déjà des doctrines et des maîtres et que je finis même par leur tourner le dos. Je n'ai pas changé d'opinion. J'ai même eu depuis un grand nombre de maîtres. Pendant longtemps ce fut une belle courtisane qui m'instruisit, j'eus aussi comme maître un riche marchand et quelques joueurs de dés. Une fois ce fut un des disciples errants de Bouddha, qui, pendant un de ses pèlerinages, était demeuré assis auprès de moi, tandis que j'étais endormi dans la forêt. Lui aussi m'a appris quelque chose et je lui en suis reconnaissant, très reconnaissant. Mais c'est surtout à ce fleuve que je dois la plus grande partie de mon savoir, et à mon prédécesseur, le passeur Vasudeva. C'était un homme très simple que Vasudeva, ce n'était pas un penseur ; mais il savait les choses nécessaires tout aussi bien que Gotama, c'était un Etre parfait, un Saint. »

Govinda dit alors : « Il me semble, ô Siddhartha, que tu aimes toujours à plaisanter. Que tu n'aies point suivi de maître, je le crois et je le sais. Mais n'as-tu pas trouvé toi-même, je ne dirai pas une doctrine, mais certaines idées, certaines "connaissances" qui soient bien à toi et d'après lesquelles tu règles ta vie ? Si tu pouvais me parler de ces choses-là, tu me réjouirais le cœur. »

Siddhartha dit : « Oui, j'ai eu des pensées, j'ai eu des "connaissances", de temps en temps. Parfois, pendant une heure, pendant un jour, j'ai senti en moi les effets du Savoir comme on sent la vie dans son propre cœur. C'étaient bien certainement des idées que j'avais, mais il me serait difficile de te les communiquer. Tiens, mon bon Govinda, voici une des pensées que j'ai trouvées : la sagesse ne se communique pas. La sagesse qu'un sage cherche à communiquer a toujours un air de folie.

— Tu veux rire ? demanda Govinda.

— Pas du tout. Je te dis ce que j'ai trouvé. Le Savoir peut se communiquer, mais pas la Sagesse. On peut la trouver, on peut en vivre, on peut s'en faire un sentier, on peut, grâce à elle, opérer des miracles, mais quant à la dire et à l'enseigner, non, cela ne se peut pas. C'est ce dont je me doutais parfois quand j'étais jeune homme et ce qui m'a fait fuir les maîtres. Ecoute, Govinda, j'ai trouvé une pensée que tu vas encore prendre pour une plaisanterie ou pour une folie, mais qui, en réalité, est la meilleure de toutes celles que j'ai eues. La voici : Le contraire de toute vérité est aussi vrai que la vérité elle-même ! Je l'explique ainsi : une vérité, quand elle est unilatérale, ne peut s'exprimer que par des mots ; c'est dans les mots qu'elle s'enveloppe. Tout ce qui est pensée est unilatéral et tout ce qui est unilatéral, tout ce qui n'est que moitié ou partie, manque de *totalité*, manque d'unité ; et pour le traduire il n'y a que les mots. Quand le Sublime Gotama parlait du Monde dans son enseignement, il était obligé de le diviser en Sansara et en Nirvana, en erreurs et en vérités, en souffrance et en délivrance. On ne peut faire autrement et, pour qui enseigne, il n'y a pas d'autre voie à suivre. Mais le monde en lui-même, ce qui existe en nous et autour de nous, n'est jamais unilatéral. Un être humain ou une action n'est jamais entièrement Sansara ou complètement Nir-

150

vana, de même que cet être n'est jamais tout à fait un saint ou tout à fait un pécheur. Nous nous y laissons aisément tromper parce que nous inclinons naturellement à croire que le temps est une chose vraiment existante. Le Temps n'est pas une réalité, ô Govinda. J'en ai maintes et maintes fois fait l'expérience. Et si le Temps n'est pas une réalité, l'espace qui semble exister entre le Monde et l'Eternité, entre la Souffrance et la Félicité, entre le Bien et le Mal, n'est qu'une illusion.

— Comment cela ? demanda Govinda, avec un sentiment d'angoisse.

— Fais bien attention ! mon bon ami, fais bien attention ! Le pécheur que je suis et que tu es, reste un pécheur ; mais un jour viendra où il sera Brahma, où il atteindra le Nirvana, où il sera Bouddha, mais, prends-y garde : ce « un jour » est une illusion, ce n'est que manière de parler ! Le pécheur ne s'achemine pas vers l'état du Bouddha, il n'évolue pas, quoique notre esprit ne puisse se représenter les choses d'une autre façon. Non, le Bouddha à venir est maintenant, il est aujourd'hui en puissance dans le pécheur, son avenir est déjà en lui, tu dois déjà vénérer en lui, en toi, ce Bouddha en devenir, ce Bouddha encore caché. Le monde, ami Govinda, n'est pas une chose imparfaite ou en voie de perfection, lente à se produire : non, c'est une chose parfaite et à n'importe quel moment. Chaque péché porte déjà en soi sa grâce, tous les petits enfants ont déjà le vieillard en eux, tous les nouveau-nés la mort, tous les mortels la vie éternelle. Aucun être humain n'a le don de voir à quel point son prochain est parvenu sur la voie qu'il suit : Bouddha attend dans le brigand aussi bien que dans le joueur de dés et dans Brahma attend le brigand. La profonde méditation donne le moyen de tromper le temps, de considérer comme simultané tout ce qui a été, tout ce qui est et tout ce qui sera la vie dans l'avenir, et comme cela tout est parfait, tout est Brahma. C'est pourquoi j'ai l'impression que ce qui est est bien ; je vois la Mort comme la Vie, le péché comme la Sainteté, la prudence comme la Folie, et il doit en être ainsi de tout ; je n'ai qu'à y consentir, qu'à le vouloir, qu'à l'accepter d'un cœur aimant. En agissant ainsi, je ne puis qu'y gagner sans risquer jamais de me nuire. J'ai appris à mes propres dépens qu'il me fallait pécher par luxure, par cupidité, par vanité, qu'il me fallait passer par le plus honteux des désespoirs pour refréner mes aspirations et mes passions, pour aimer le monde, pour ne pas le confondre avec ce monde imaginaire désiré par moi et auquel je me comparais, ni avec le genre de perfection que mon esprit se représentait ; j'ai appris à le prendre tel qu'il est, à l'aimer et à en faire partie, telles sont, ô Govinda, quelques-unes des pensées qui me sont venues. »

Siddhartha se baissa, ramassa une pierre et la soupesa dans sa main. « Voilà, lui dit-il d'un ton détaché, voilà une pierre. Dans un temps plus ou moins éloigné elle sera terre, et de cette terre naîtra une plante, un animal ou un être humain. Eh bien, autrefois j'aurais simplement dit ceci : cette pierre n'est qu'une pierre, une chose de rien, elle appartient au monde de la Maya ; mais comme elle est susceptible, dans le cercle des transmutations, de devenir aussi un être humain, un esprit, je veux bien en reconnaître la valeur. Telle eût été probablement ma pensée autrefois. Mais aujourd'hui je dirai : cette pierre est une pierre, elle est aussi Dieu, elle est aussi Bouddha, je la vénère et je l'aime, non parce qu'elle peut un jour devenir ceci ou cela, mais parce qu'elle est tout cela depuis longtemps, depuis toujours — et c'est justement parce qu'elle est pierre et qu'elle se présente à moi aujourd'hui sous cette forme, que je l'aime, ses veines et ses creux, sa couleur jaune et grise, sa dureté, le son qu'elle rend quand je frappe dessus, la sécheresse ou l'humidité de sa surface ; toutes ces choses ont maintenant une valeur et un sens à mes yeux. Il y a des pierres qui sont au toucher comme de l'huile ou du savon, d'autres comme des feuilles, d'autres comme du sable et chacune a son caractère propre et prie le *Om* à sa manière, chacune est Brahma tout en étant aussi et au même degré une pierre avec ses particularités ; et c'est précisément pour cela qu'elles me plaisent, qu'elles me semblent merveilleuses et dignes d'être adorées.

« Mais je t'en ai assez dit. Les paroles servent mal le sens mystérieux des choses, elles déforment toujours plus ou moins ce qu'on dit ; il se glisse souvent dans les discours quelque chose de faux ou de fou... et ma foi, cela aussi est très bien et n'est point non plus pour me déplaire. Je consens volontiers que la Sagesse d'un homme ait toujours aux yeux de certains autres un petit air de folie. »

Govinda écoutait en silence.

« Pourquoi, dit-il en hésitant, quelques instants après, pourquoi m'as-tu dit cela de la pierre ?

— C'était bien sans intention. C'est peut-être aussi parce que je suis attaché à ces pierres, à ce fleuve, à ces choses que nous voyons et qui toutes contiennent un enseignement pour nous. Je suis capable d'aimer une pierre, Govinda, un arbre et même un morceau d'écorce. Ce sont des choses et on peut aimer les choses ; mais ce que je suis incapable d'aimer, ce sont les paroles. Et voilà pourquoi je ne fais aucun cas des doctrines. Elles n'ont ni dureté, ni mollesse, ni couleur, ni odeur, ni goût, elles n'ont qu'une chose : des mots. Peut-être est-ce pour cela que tu n'arrives pas à trouver la paix ; tu t'égares dans le labyrinthe des phrases ; car, sache-le, Govinda : ce qu'on appelle Délivrance et Vertu, même Sansara et Nirvana, ce ne sont que des mots. Il n'y a rien qui soit le Nirvana ; il n'y a que le mot "Nirvana". »

Govinda répondit : « Mon ami, Nirvana n'est pas seulement un mot, c'est aussi une pensée. »

Siddhartha reprit : « Une pensée, je le veux bien. Mais je t'avoue, mon cher, qu'entre la pensée et le mot je ne fais pas une grande différence. A vrai dire, je ne fais pas plus grand cas de l'une que de l'autre.

Les choses ont plus d'importance à mes yeux. Par exemple, ici, sur ce bac, il y avait un homme, mon prédécesseur et mon maître, c'était un saint homme, qui pendant de longues années n'a cru en rien, hormis en ce fleuve. Il avait remarqué que la voix du fleuve lui parlait ; c'est elle qui lui enseigna ce qu'il savait, c'est elle qui l'instruisit, qui le forma : le fleuve était son Dieu. Pendant des années il ignora que les vents, les nuages, l'oiseau, l'insecte, sont aussi divins, en savent tout autant que ce fleuve vénérable et peuvent nous instruire comme lui. Et quand ce Saint se décida à partir pour la forêt, il savait tout, il en savait plus que toi et moi, et cela sans avoir eu ni maître ni livres, seulement parce qu'il avait la foi en son fleuve. »

Govinda lui dit : « Mais est-ce là ce que tu appelles "les choses", c'est-à-dire le réel, l'être ? N'est-ce pas seulement une image trompeuse de la Maya, une simple apparence ? Ta pierre, ton arbre, ton fleuve... Sont-ce donc tes réalités ?

— Cela non plus, répondit Siddhartha, ne m'embarrasse guère. Que ces choses soient ou ne soient pas une apparence, peu importe ; alors moi-même je suis une apparence et dans ce cas elles sont comme moi et moi comme elles. C'est pour cela aussi que je les aime et les vénère : nous sommes égaux. Il y a là un enseignement dont tu vas rire, c'est que l'Amour, ô Govinda, doit tout dominer. Analyser le monde, l'expliquer, le mépriser, cela peut être l'affaire des grands penseurs. Mais pour moi il n'y a qu'une chose qui importe, c'est de pouvoir l'aimer, de ne pas le mépriser, de ne le point haïr tout en ne me haïssant pas moi-même, de pouvoir unir dans mon amour, dans mon admiration et dans mon respect tous les êtres de la terre sans m'en exclure.

— Je comprends, fit Govinda. Mais c'est justement ce que le Sublime appelait un leurre. Il proclame la bienveillance, la tolérance, la pitié, la patience, mais point l'amour ; il nous défendait d'attacher nos cœurs à tout ce qui est terrestre.

— Je le sais, dit Siddhartha dont le sourire brilla comme l'or. Je le sais, Govinda. Et nous voilà maintenant en plein dans le fourré des opinions, dans la dispute sur les mots. Je ne saurais le nier ; ce que je dis de l'amour est en contradiction, contradiction apparente, avec les paroles de Gotama. C'est pour cela que je me méfie tant des mots, car je sais que cette contradiction est une pure illusion. Je sais que je suis d'accord avec Gotama. Comment admettre que Lui n'ait pas connu l'Amour ; Lui, qui avait reconnu la faiblesse et la fragilité de la nature humaine et qui pourtant poussa l'amour de l'humanité au point de se consacrer à elle pendant toute sa longue et pénible existence pour lui venir en aide et l'instruire ! Même chez Celui-là, qui fut ton maître, le plus grand parmi les maîtres, la "chose" a plus de valeur à mes yeux que les paroles, sa manière de vivre et d'agir a plus de poids que ses discours, le seul geste de sa main plus d'importance que ses opinions. Ce n'est pas dans les discours ni dans le penser que réside sa grandeur ; mais dans ses actes, dans sa vie. »

Longtemps les deux hommes gardèrent le silence. Puis Govinda dit en s'inclinant devant son ami pour prendre congé : « Je te remercie, Siddhartha, de m'avoir initié à quelques-unes de tes pensées. La plupart sont assez bizarres et j'ai eu de la peine à les comprendre toutes. Quoi qu'il en soit, Siddhartha, je te remercie et te souhaite la tranquillité pour le reste de tes jours. »

(Mais au fond de lui-même il se disait : Quel drôle d'homme que ce Siddhartha et quelles singulières idées il a ! Sa doctrine m'a tout l'air d'une folie. Que celle du Sublime est donc différente ! Elle est plus pure, plus claire, plus compréhensible ; en elle, rien d'étrange, rien de fou ou de risible ! Mais plus différente encore que les idées de Gotama me semble toute la personne de Siddhartha, ses mains, ses pieds, ses yeux, son front, sa respiration, son sourire, son salut, sa démarche. Jamais, depuis que notre

Sublime est entré dans le Nirvana, jamais je n'ai rencontré un homme dont j'aie pu dire comme de celui-là : Voilà un Saint ! Il est unique, ce Siddhartha, je n'ai jamais vu son pareil. Sa doctrine peut paraître étrange, ses paroles un peu folles, il n'en est pas moins vrai que son regard et ses mains, sa peau et ses cheveux, tout en lui respire une pureté, un calme, une sérénité, une douceur et une sainteté que je n'ai remarqués chez aucun mortel depuis la mort de notre Sublime Maître.)

C'est ainsi qu'il se parlait à lui-même, tandis que son cœur s'agitait, en proie aux pensées les plus contradictoires. Attiré par l'amour, il s'inclina encore une fois, profondément, devant Siddhartha qui demeurait assis, immobile.

« Siddhartha, dit-il, nous sommes tous deux des vieillards. Il est peu probable que nous nous revoyions jamais sous une forme humaine. Je vois, très cher ami, que tu as trouvé la paix et je confesse que, moi, je ne l'ai pas trouvée.

« Dis-moi, ô Vénérable, encore un mot, quelque chose que je puisse emporter, que je puisse comprendre ! Donne-moi cela pour la route que j'ai encore à parcourir. Elle est souvent bien pénible, ma route, bien sombre, ô Siddhartha ! »

Siddhartha se taisait, le regardant avec son sourire toujours égal, toujours tranquille. Govinda, le cœur plein d'angoisse et de désir, regardait fixement Siddhartha, et dans ses yeux se lisaient la souffrance, l'éternelle et vaine recherche.

Siddhartha vit cela et sourit.

« Penche-toi vers moi, lui dit-il tout bas à l'oreille. Penche-toi encore davantage. Comme cela, encore plus près ! Tout près ! Embrasse-moi sur le front, Govinda ! »

Govinda s'étonna ; mais attiré par l'amour et par une sorte de pressentiment il obéit à ces paroles, s'inclina vers lui et toucha son front de ses lèvres. Il se produisit alors en lui une chose singulière. Tandis que ses pensées s'attardaient encore aux étranges paroles de Siddhartha, qu'il s'efforçait encore, et non sans que son esprit protestât, à s'abstraire du temps par la pensée, à se représenter le Nirvana et le Sansara comme ne faisant qu'un, tandis que l'immense amour et la vénération qu'il éprouvait pour l'ami étaient encore aux prises avec cette sorte de dédain que lui avaient inspiré ses paroles, il lui arriva ceci :

Le visage de son ami Siddhartha disparut à ses regards ; mais à sa place il vit d'autres visages, une multitude de visages, des centaines, des milliers ; ils passaient comme les ondes d'un fleuve, s'évanouissaient, réapparaissaient tous en même temps, se modifiaient, se renouvelaient sans cesse et tous ces visages étaient pourtant Siddhartha. Il vit celui d'un poisson, d'une carpe, dont la bouche ouverte exprimait l'infinie douleur d'un poisson mourant, dont les yeux s'éteignaient... Il vit le visage rouge et ridé d'un nouveau-né, sur le point de pleurer... Il vit celui d'un meurtrier, il vit comme il plongeait un couteau dans le corps d'un homme... Il vit, au même instant, ce meurtrier s'agenouiller avec ses entraves et le bourreau lui trancher la tête d'un seul coup de son glaive... Il vit des corps d'hommes et de femmes nus dans les positions et les luttes de l'amour le plus effréné... Il vit des cadavres allongés, rigides, froids, vidés... Il vit des têtes d'animaux, de sangliers, de crocodiles, d'éléphants, de taureaux, d'oiseaux... Il vit des dieux : Krischna, Agni... Il vit toutes ces figures et tous ces corps unis de mille façons les uns aux autres, chacun d'eux venant en aide à l'autre, l'aimant, le haïssant, le détruisant, procréant de nouveau ; dans chacun se manifestaient la volonté de mourir, l'aveu passionnément douloureux de sa fragilité et malgré cela aucun d'eux ne mourait ; mais se transformait, renaissait toujours, prenait toujours un nouvel aspect sans que pourtant entre la première et la seconde forme se pût mettre un espace de temps... Et toutes ces formes, tous ces visages reposaient, s'écoulaient, procréaient, flottaient, se fondaient ensemble ; au-dessus d'eux planait quelque chose de mince, d'irréel, semblable à une feuille de verre ou de glace, sorte de peau transparente, valve, moule ou masque liquide, et ce masque souriait, ce masque c'était la figure souriante de Siddhartha, que lui, Govinda, venait juste à ce moment de toucher de ses lèvres. Et c'est ainsi que Govinda vit ce sourire du masque, ce sourire de l'Unité du flot des figures, ce sourire de la simultanéité, au-dessus des milliers de naissances et de décès. Le sourire de Siddhartha ressemblait exactement au sourire calme, délicat, impénétrable, peut-être un peu débonnaire et un peu moqueur, de Gotama ; c'était le sourire des mille petites rides de Bouddha, tel que lui-même l'avait si souvent contemplé avec respect. C'était bien ainsi, Govinda le savait, que souriaient les Etres parfaits.

Ayant perdu toute notion du temps, ne sachant plus si cette vision avait duré une seconde ou un siècle, ne sachant plus s'il y avait au monde un Siddhartha et un Govinda, si le Moi et le Toi existaient ; le cœur comme transpercé d'une flèche divine et saignant d'une douce blessure, l'âme fondue dans un charme indicible, Govinda demeura encore un instant penché sur le visage impassible de Siddhartha, qu'il venait de baiser et qui avait été le théâtre de toutes ces transformations, de tout le Devenir, de tout l'Etre. Ce visage n'avait point changé après que les mille petits sillons creusés par les rides se furent refermés. Il avait repris son sourire immuable, discret et doux, peut-être très débonnaire, peut-être railleur, exactement semblable à celui de l'Etre parfait.

Govinda s'inclina profondément, des larmes coulaient de ses yeux sans qu'il s'en aperçût tandis qu'il sentait s'allumer dans son cœur le sentiment du plus ardent amour et de la plus humble vénération. Il se prosterna jusqu'à terre devant l'Homme qui restait là, assis, immobile, et dont le sourire lui rappelait tout ce qu'il avait aimé dans sa vie et tout ce qu'il représentait pour lui de précieux et de sacré.

Table

Composition réalisée par JOUVE

Achevé d'imprimer en janvier 2007 en France sur Presse Offset par

C P I
Brodard & Taupin

La Flèche (Sarthe).
N° d'imprimeur : 38063 – N° d'éditeur : 80262
Dépôt légal 1re publication : octobre 1975
Édition 30 – janvier 2007
LIBRAIRIE GÉNÉRALE FRANÇAISE – 31, rue de Fleurus – 75278 Paris cedex 06.

30/4204/1